팔월의 이안류

팔월의 이안류

© 임은영

1판 1쇄 발행 ｜ 2024년 12월 16일

지은이	｜	임은영
펴낸이	｜	정홍수
편집	｜	김현숙 이명주
펴낸곳	｜	(주)도서출판 강
출판등록	｜	2000년 8월 9일(제2000-185호)

주소	｜	서울시 마포구 동교로17안길 21 (우 04002)
전화	｜	02-325-9566
팩시밀리	｜	02-325-8486
전자우편	｜	gangpub@hanmail.net

값 14,000원
ISBN 978-89-8218-355-3   03810

* 이 책은 울산광역시, 울산문화관광재단 '2024년 예술창작활동 지원사업'의 지원을 받아 발간되었습니다.

팔월의 이안류

임은영 소설집

강

차 례

오해의 기하학 _ 7

블랙 잭나이프 _ 31

자정의 질주 _ 55

야행 _ 79

드림파크 _ 103

어디 _ 127

팔월의 이안류 _ 153

해설 이안류의 평등 | 이철주 _ 178

작가의 말 _ 194

수록 작품 발표 지면 _ 196

오해의 기하학

'지나온 시간 중 한 계절을 날려버릴 기회를 준다면 당신은 어느 시기를 선택하겠습니까?' 저자는 열흘간의 시간이 통째 사라진 1582년 로마의 달력 이야기를 끝으로 독자에게 질문을 던졌다. 시간을 되돌려보았다. 딱히 지우고 싶은 순간이 떠오르지 않는다. 분명하지 못한 기억의 한 속성 때문일지도 모른다. 기억은 변형되거나 잊히거나 사라진다. 읽던 책을 덮고 자리에서 일어났다.

지하철에서 내릴 때부터 누군가 뒤따라오는 것 같다. 계단을 두 칸씩 뛰어 올라가서 3번 출구로 나왔다. 집 앞 골목에 들어설 때까지 발소리가 따라왔다. 귀를 기울여서일까, 발소리보다 내 심장 소리가 더 컸다. 골목 모퉁이를 돌자 숨이 턱에 닿았다. 숨을 고르는 사이에 조금 전까지 들리던 소리가 약해졌다. 걸음을 멈추고 고개를 돌렸다. 한 남자가 벽에 긴 그림자를 그리며 사라졌다. 처음이 아니었다.

집에 도착하자마자 현관문을 급히 잠갔다. 집은 삼층 상가 주택으로 세상을 떠난 엄마가 물려줬다. 201호에 살면서 일층에서 편의점을 운영한 지 오 년이 지났다. 일층은 상가고 나머지는 주거 공간으로 층마다 두 가구씩 산다. 이십 년이 다 된 허름한 주택이라 월세 문의가 뜸해서 운 좋게 세입자가 나타나면 월세를 낮춰 서둘러 계약했다.

핸드폰을 꺼내 CCTV 앱을 켰다. 일층 편의점 내외부와 연동된 CCTV다. 화면으로 주택 주위를 살펴보았다. 여러 번 뒤를 밟는 사람이라면 일터인 편의점에도 들렀을지 모른다. 얼굴도 모르는 사람을 찾는 일이 무리란 걸 알면서도 편의점 내부로 자꾸만 눈길이 간다. 창가 진열대 앞을 서성이는 세입자 제이가 눈에 들어왔다. 라면을 들고 휴게 코너로 간다. 구석진 자리에 앉아 컵라면을 먹는다. 잠시 뒤, 캔 커피를 냉장고에서 꺼내더니 계산대 앞에 섰다. 날짜를 헤아려보았다. 제이가 302호에 세든 지 반년이 지났다.

창가로 후드득, 빗방울이 떨어졌다. 장마라 비가 이내 그칠 것 같지 않다. 창틀로 빗물이 새어들지 않도록 베란다 창문을 닫았다. 현관 벨이 울렸다. 제이였다. 편의점 봉투에서 캔 커피를 꺼내 내게 건넸다. 제이가 현관 앞에 둔 제습기를 빤히 쳐다봤다. 저도 하나 장만해야겠네요. 장마철이기도 하고요. 여름에 좋긴 해요, 라고 답했지만 집 안은 여전히 꿉꿉했다. 한데 무슨 일이시죠? 안방 벽지에 곰팡이가 번지고 있어요. 제이가 제습기를 살피며 대답했다.

나는 제이를 따라 302호로 올라갔다. 거실 테이블 위에 카메라가 놓여 있다. 맞은편 식탁 벽면을 바라보았다. 사진 액자가 걸렸다. 액자 속 사진 한 장에 눈길이 간다. 제이 옆에 선 남자가 낯이 익은데 누굴까, 기억이 나지 않는다.

제이가 안방 문을 열었다. 붙박이장 옆으로 매트리스 하나만 덜렁 놓여 있다. 썰렁하죠? 제이의 물음에 단출한 게 좋죠, 라고 답했다. 제이가 벽면 한 곳을 가리켰다. 벽지 위로 거뭇거뭇한 곰팡이가 보였다. 안방 창가에 핀 곰팡이가 내벽 쪽으로 번지는 것 같았다. 제이가 이사할 때 급하게 짐을 옮기는 바람에 벽지를 새로 할 겨를이 없었다. 세입자가 필요할 때 해줄 작정이었다.

알람 소리에 잠을 깼다. 삶은 달걀 두 개로 아침 식사를 하고 주차장으로 갔다. 제이를 태워 도배 장식점으로 가기로 했다. 장식점 사장은 다양한 스타일의 벽지를 소개하면서 우리에게 벽지를 고르라고 했다. 제이가 심플한 게 좋다고 하자 주인은 아내와 의논해야 한다며, 내 취향을 물었다. 우리를 신혼부부로 안 모양이다. 제이가 나를 보고 피식 웃었다. 나는 주인에게 부부가 아니라 집주인과 세입자 관계라고 알려주었다.

제이가 도배지의 재질과 색을 보는데 한 남자가 창밖을 서성이며 가게 내부를 들여다보고 있었다. 일을 마무리하고 밖으로 나갔을 때는 아무도 없었다. 가게 맞은편에 주차된 차 한 대가 눈에 들어왔다. 주차선을 가로질러 삐딱하게 45도 기울기로 세워져 있다. 제이의 차, 아반떼가 떠올랐다. 딱 저렇게 세워져 있었는데. 지난달에 301호 남자가 주차장에 차를 대다 불만을 터뜨렸다. 대리운전 기사가 제이의 차를 잘못 주차한 바람에 일어난 일이었다. 제이가 301호 남자에게 사과하고 돌아서면서 기사가 주차도 제대로 못 한다고 투덜댔다.

집으로 돌아오는 길에 제이가 마트에 들렀다 가겠다고 해서 장도 볼 겸 함께 다녀왔다.

하늘에 먹구름이 보이더니 비가 내리기 시작했다. 편의점으로 가서 진열대를 살폈다. 창고에서 우산을 들고 와 빈자리를 채웠다. 갑자기 비라도 오면 우산이 금방 바닥나곤 한다. 그래서 수요가 많은 물건은 창고에 넉넉히 비축해놓았다.

계산대 테이블에 있는 CCTV 화면을 켰다. 어제 아침 시간대로 화면을 되돌렸다. 나는 의자를 당겨 몸을 바짝 붙여 앉았다. 야구 모자를 쓴 남자가 초콜릿 한 개를 집었다 놓았다 한다. 왼손잡인가 보다. 남자의 왼손이 초콜릿 주위를 맴돈다. 알바가 남자에게 다가간다. 남자는 슬며시 초콜릿을 제자리에 내려놓고 편의점을 나간다.

남자가 사라진 화면 안으로 202호에 사는 옆집 여자가 들어왔다. 음료수를 꺼내다 말고 거울을 본다. 한 손으로 머리를 손질하고 씩, 혼자 웃는다. 곧이어 여러 가지 물건을 챙겨 계산대 앞에 쌓아놓았다. 불현듯 여자가 두 달 동안 월세를 입금하지 않았다는 사실이 떠올랐다. 알바의 손이 민첩하게 움직인다. 바코드를 찍은 물건들을 봉지에 담는다. 세 봉지째다. 소비 방식이 사람마다 다르긴 해도 저 정도 양의 생필품이라면 나라면 할인마트에 갈 것 같다. 아마도 바쁜 모양이다.

잠을 설친 탓인지 아홉시가 되어서야 겨우 눈이 뜨였다. 햇빛이 눈을 찔러 블라인드를 내렸다. 빛줄기가 블라인드 사이를 비집고 들어와 소파 다리 아래로 미끄러진다. 편의점에 가는데 301호 남자가 주차장에 서 있었다. 차량 차단기가 제대로 작동하지 않아서 불편하다고 했다. 엄마가 이 집에 들어올 때 이미 설치되어 있던 차단기다.

근방에 있는 철물점에 연락했다. 철물점 사장이 다녀가면서 센서를 교체하라고 권했다. 누가 일부러 건드리지 않아도 오래되면 센서가 고장 나기도 한다고 덧붙였다. CCTV 화면을 되돌려보았다. 특별한 문제점을 발견하지 못했다. 비가 많이 내리는 시간대는 화면이 잘 보이지도 않는다.

세입자 단톡방에 글을 올렸다. 주차장은 함께 사용하는 공간이라 차단기 센서 교체 비용을 분담해 걷겠다고 공지했다. 301호 여자가 저녁에 편의점으로 찾아왔다. 비밀이라도 말하듯 평소보다 목소리를 낮추었다. 무슨 할 말이라도 있느냐고 묻자 고개를 끄덕이며 입을 열었다. 모임을 끝내고 귀가하던 길에 한 남자가 차단기를 건드리는 걸 보았다고 했다. 밤이라 어두웠지만 뒷모습이 제이와 닮았다고 했다.

며칠 뒤 근처 분식점에서 저녁을 먹고 오던 중 계단에서 제이와 마주쳤다. 301호 여자의 말이 떠올랐다. 제이에게 주차장을 이용할 때 차단기에 별다른 문제가 없었냐고 조심스럽게 물었다. 제이는 없다는 말과 함께 수고가 많다는, 인사까지 건네며 계단을 내려갔다.

이를 닦으려고 욕실에 들어갔다. 세면대를 정리하는데 매캐한 담배 냄새가 스며들었다. 위층 화장실에서 담배를 피우는 모양이다. 환풍기를 틀어도 냄새가 계속 남았다. 한 시간이 지나 다시 욕실 문을 열자 천장에 뿌연 연기까지 서려 있었다. 연기를 제거하기 위해 천장에 물을 뿌려도 연기나 냄새가 가시지 않았다. 손등의 물기를 닦는 사이 윗집 환풍기가 고장 났을지도 모른다는 생각이 뒤늦게 들었다. 윗집에 전화해 화장실에서 담배를 피우지 말라고 당부하려다 참았다. 벽지에 환풍기 교체까지 한꺼번에 하긴 부담되었다.

해가 질 무렵부터 내리던 비가 밤 아홉시가 지나면서부터

장대비로 변했다. 거실 깊숙이 빗소리가 스며든다. 차가 지나갈 때면 베란다 유리창으로 헤드라이트 불빛이 일렁거렸다. 거실 등이 안 켜져서 집 안이 어둡다. 교체하려고 사놓은 등이 안 보이는 걸 보니 차에 두고 온 모양이다. 침실 옆에 둔 탁상 스탠드를 가져와 켰다.

테이블 위에 미처 보지 못한 지로 영수증이 흩어져 있다. 영수증을 정리하고 핸드폰을 꺼내 낮에 온 문자를 확인했다. 고교 동기 모임을 알리는 문자다. 일 년에 두 번 있는 행사지만 일 핑계를 대고 잘 나가지 않았다. 졸업한 지 십오 년이 지나도 고교 때를 생각하면 동기 해진이 떠오른다.

해진은 1학년 때부터 같은 반 친구였다. 학원 수업이 끝나고 둘이 햄버거나 치킨을 먹기도 했다. 시험을 치르면 늘 상위권을 지키던 해진이 2학년 여름방학이 지나고 수업 시간에 종종 나타나지 않았다. 2학년 2학기 중간고사를 며칠 앞둔 어느 날이었다. 고백할 게 있다며 자기의 이야기를 들려주었다. 샘이랑 멜론 빙수를 먹었어. 영화도 보고. 들뜬 모습으로 불어 교사인 P와 있었던 일을 자랑하듯 말했다.

해진이 P를 만나는 횟수가 늘면서 내게 뭔가 감추는 것 같았다. 학교 밖에서 P와 함께 있는 해진을 봤다는 친구들이 생기면서 둘을 둘러싼 소문이 나돌았다. 그때부터인가, 해진이 가끔 결석했다.

시월 말경 해진이 나를 찾아왔다. 야간 자율학습을 마치고 귀가 준비를 할 때였다. 운동장을 함께 걷던 해진이 불쑥 입을 열었다. 나, 선생님이랑 모텔 갔어. 해진의 말에 어이가 없어 픽 웃어버렸지만 장난이 아닌 것 같았다. 해진이 태연히 말을 이었다. 샘과 같이 있으면 편해. 이게 팩트야. 말을 마친 뒤에는 웃음을 터뜨렸다. 해진은 P와의 특별한 관계를 원하거나, 즐기는 것 같았다.

그날 헤어지면서, 학교는 그만 다니겠다고 말하는 해진을 위해 내가 할 수 있는 말이 딱히 떠오르지 않았다. P가 반 아이들에게 인기가 있는 걸 알고 해진이 친구들을 경계하는 것 같기도 했다. 동기들이 P에게 호감을 느끼는 이유가 P의 외모 때문만은 아니었다. 다정다감한 성격 때문에 반 친구들이 잘 따랐다. 나 역시 내색은 하지 않았지만, P의 수업 시간에는 다른 시간보다 더 집중해서 공부했다. 결석이 잦던 해진이 정학 위기에 놓였을 즈음 담임에게 의논해볼까 하는 생각에 교무실 앞까지 갔다가 돌아섰다. 담임 선생님이 알면 죽어버리겠다는 해진의 말이 발걸음을 가로막았다. 어쩌면 엮이고 싶지 않았는지도 모른다.

해진이 머릿속에서 떠나지 않았다. 해진에 대한 생각을 떨치려고 오랜만에 텔레비전을 켰다. 리모컨으로 채널을 바꾸려는데 누군가의 고함이 밤공기를 갈랐다. 베란다로 가서 문이 잠겼는지 확인했다. 잠금장치가 닳아서 금속 막대가 흔들렸다. 창밖을 내다보았다. 301호 여자가 비틀거리며 화단 앞을 지나갔다. 잠시 뒤, 다시 고함을 질러댔다. 가까이서 소리가 들려와서 귀를 기울였다. 집 앞, 화단 쪽이었다. 소리가 벽을 타고 들어와 집 안 공기를 뒤흔들었다. 소음이 계속되는 거로 봐서 지나가는 취객은 아닌 듯했다.

CCTV 외부 모니터를 살폈다. 한 사내가 화단 앞에서 어슬렁거렸다. 나무 사이로 흰 티셔츠가 얼핏 스쳤다. 골격이 큰 사람 같았다. 그치지 않는 고함에 신경이 곤두섰다. 사내는 화단 앞을 기웃거리더니 주차장 쪽으로 발걸음을 옮겼다. 내 차 앞에서 걸음을 멈추고는 범퍼를 발로 차기 시작했다. 편의점 알바를 데리고 급히 주차장으로 갔다.

밤인데다 굵은 빗줄기가 눈앞을 가려 시야가 흐렸다. 당신, 누구야? 왜 남의 차에 발길질이야? 내가 소리치자 지켜보던 알바가 끼어들었다. 아저씨, 이러지 말고 말로 하세요. 빗소리에 목소리가 묻혀 잘 들리지 않았다. 사내는 바퀴를 몇 번 더 걷어찬 뒤에야 차에서 물러섰다. 사내가 내 쪽으로 고개를 돌렸다. 모자를 눌러쓰고 있어 얼굴이 잘 보이지 않았다. 양손으로 옷의 물기를 터는 사내에게서 술 냄새가 훅 끼쳤다. 도대체 왜 이러는 거야? 사내가 답했다. 왜냐고? 당신 남편에게 물어봐? 사내의 말에 흠칫 놀라 뒤로 물러섰다. 결혼도 안 한 내게 남편이라니! 이상한 사람이잖아. 나는 사내가 내 눈앞에서 사라지기를 바랐다. 그때 301호 부부가 주차장 옆을 지나가다 다가왔다. 사람들이 오가자 사내는 실실 웃으며 자리를 떠났다. 알바가 핸드폰 후레쉬로 범퍼 쪽을 살피더니 차는 괜찮다고 했다.

하루가 지나도 주차장에서의 충격은 쉬이 가시지 않았다. 자정이 다 되어도 잠을 잘 수 없었다. 사내의 뒷모습이 어른거렸다. 낯익은 걸음걸이로 봐서 편의점을 오가는 사람이거나 빌라를 드나드는 사람일지도 모른다는 생각이 스쳤다. 나는 컴퓨터 앞에 앉아 CCTV 화면을 들여다보았다. 편의점 내부가 눈에 들어왔다. 천장 조명과 벽의 부분 조명으로 내부는 환하게 밝았다.

할아버지 한 분이 편의점 문을 열었다. 배낭을 메고 있다. 바지 주머니 밖으로 칫솔 손잡이가 보인다. 동네를 떠도는 노숙자다. 한밤중에 편의점에서 배를 채우고 잠시 쉬다 가는 것을 보았다.

알바가 할아버지와 대화를 나누더니 폐기물 박스에 손을 넣는다. 빵 두 개를 꺼내서 할아버지에게 건넨다. 저러면 안 되는데. 손님에게 유통기한이 지난 음식을 주지 말라고 다시 주의를 시켜야겠다. 할아버지가 빵을 가방에 넣고는 진열대에서 컵라면을 잡는다. 라면을 들고 계산대로 가서 동전 몇 개를 올려놓는다. 알바가 호주머니에서 동전 몇 개를 꺼냈다. 라면값을 보태는 것 같았다. 할아버지는 라면에 온수를 붓고

18

는 평소 앉던 자리에 가서 앉았다.

화면을 확대했다. 301호 남자가 보인다. 알바가 안 보이는 각도에 서서 아랫도리 근처로 손을 넣는다. 한참 동안 긁적거리더니 중앙 진열대로 발걸음을 옮겼다. 라면 두 개를 들고 계산대로 갔다.

서너 달 전, 301호 여자가 편의점에서 아르바이트하고 싶다고 찾아왔다. 남편 몰래 주식 투자를 했다며 걱정했다. 부탁해서 일을 맡겼는데 두 달도 못 채우고 편의점 일을 그만두었다. 시내에서 식당 일을 하게 되었다고 했다. 그 뒤로 자정을 훨씬 넘긴 시간에 낯선 차에서 내리는 모습이 종종 보였고, 부부싸움도 잦았다. 귀를 기울이지 않아도 301호 부부가 계단을 오르내리며 다투는 소리가 집 안으로 흘러들었다.

할아버지가 나간 뒤 얼마 지나지 않아 교복을 입은 여고생 두 명이 들어온다. 포스트 박스 앞에 선다. 한 명이 전국 익일 배송이란 광고 스티커를 손으로 만지작거리다 검지로 발송자 칸에 주소를 입력한다. 다른 한 명은 컵라면을 사서 간이 테이블로 간다. 학생들이 라면을 먹고 나간 뒤로 한 시간째 손님이 없다.

알바가 텀블러를 꺼내 뚜껑을 열더니 CCTV 카메라를 한 번 쳐다본다. 무얼 먹는지 혼자 실실 웃고 있다. 물이나 커피가 아닌 듯했다. 잠시 뒤 계산대에 바짝 몸을 붙인다. 상품의 바코드를 스캔하듯 자기의 머리를 스캔한다. 자신의 상품 가치가 궁금한가 보다.

지나간 화면을 재생시켰다. 편의점에 오간 사람을 살피기 시작한 지 한 시간이 흐른 뒤였다. 화면 속으로 야구 모자를 쓴 남자가 들어온다. 왼손으로 캔 맥주를 집었다 놓았다 하며 망설인다. 자세히 보니 주차장에서 본 사내와 닮은 구석이 있다. O자형 다리로 걷는 걸음걸이가 비슷하다. 다시 화면을 돌렸다. 화면 속을 걷던 사내가 담배를 사더니 화면 밖으로 사라진다.

제이가 집을 비운 시간에 도배 기사가 다녀갔다. 제이의 부탁으로 302호에 가서 깨끗해진 벽지를 둘러보았다. 우리 집과 같은 구조인데 가구가 적어서일까, 집이 더 넓어 보인다. 거실 테이블 위에 사진이 쌓여 있다. 대부분 도시의 풍경을 찍은 사진이다. 식탁 위에 저번에 보았던 사진이 놓여 있다. 제이 옆에 선 사람이 눈에 들어와 다시 보니 고교 시절 불어 교사, P다.

제이가 고교 선배일지도 모른다는 생각이 들었다. 나의 모교인 M고교 운동장에서 P와 제이가 나란히 서 있는 사진을 보니 희미한 기억이 떠올랐다. 고교 시절의 몇몇 순간이 생생해지면서 해진과 P의 생각에 빠져들었다. 그러나 시간의 틈은 어쩔 수 없었다. 누군가가 지나간 어떤 일에 관해 물으면 잘 모르겠다고 대답해야 할 것 같다. 기억이란 게 주관적이라 그 순간을 완벽하게 재현하거나 돌이킬 수 없으니까.

현관문이 열리고 제이가 들어왔다. 제이의 손에 슈퍼 봉지가 쥐여 있다. 밖으로 스파게티 면이 보였다. 제이는 봉지에 든 것들을 꺼내 민첩하게 냉장고에 넣었다. 제이가 고맙다며 답례로 식사 초대를 했다. 다가오는 토요일에 제이의 집에서 함께 저녁을 먹기로 했다.

요식업 관련 일을 하냐는 내 질문에 제이는 요리는 취미고, 뒤늦게 사진을 배워 프리랜서로 활동 중이라고 답했다. 제이는 변해가는 도시의 현재와 미래를 사진에 담고 있었다. 도시를 유기체로 바라보고 변해가는 도시와 도시를 변화시키는 인물들, 그 관계를 새롭게 해석해보고 싶다고 했다. 제이의 계획을 듣다 보니 이야기가 쉬이 끝날 것 같지 않았다. 과거와 현재가 결국 하나의 관계망이라는 스토리텔링이 제법 흥미로웠다. 제이는 자기의 의도에 대해 어떻게 생각하느냐고 물었고, 나는 좋은 발상이라고 대답했다. 하지만 연이은 질문에 나는 네, 라고 짧게 대답하거나 고개만 끄덕였다.

내 반응을 살피던 제이가 입을 다물었다. 나는 액자를 가리키며 사진 속 두 사람의 표정이 닮았다고 말했다. 제이는 자기가 제일 좋아하는 사촌 형이라는 말과 함께 형이 근무하던 M고교에서 찍은 사진이라고 말했다. 제이가 M고교를 아느냐고 물었다. 나는 안다고 답하면서도 그 학교 출신이라는 말은 하지 않았다. P의 이야기를 하면서부터 제이의 목소리가 표나게 낮아졌다. 이어지는 침묵에 일이 있다는 핑계를 대고 밖으로 나왔다.

P에 대한 생각이 몰려왔다. 고등학교 2학년 기말고사를 치르고 친구들과 함께 학교 근처에 있는 분식집에 갔다. 한 친구가 인근 학교에서 일어난 그루밍 성범죄에 대한 이야기를 꺼냈다. 교장과 보건 교사, 담임이 신고 의무를 위반한 탓에 해당 교육청으로부터 처벌을 받았다. 그즈음 우리는 그러한 일이 주위에서도 일어나고 있다는 것과 소리 없이 덮이기도 한다는 걸 어렴풋이 알았다.

인근 학교 학부모가 뉴스에 제보한 후로 정부는 학교폭력 해결을 위한 전반적인 대응에 나섰다. 정부 차원의 대책으로 실태조사를 했다. 우리 학교에서도 학교폭력에 대한 조사가 이루어졌다. 담임이 나눠준 조사지 항목에 표시하고 종이를 덮었다. 조사지를 제출하기 전, 나는 놓았던 볼펜을 다시 들었다. 비고란에 P가 한 행위에 대해 아는 대로 썼다. P가 학생과 부적절한 관계를 맺었다는 이유로 행실이 불량하고 교육자로서 자질이 부족하다고 썼을 것이다. 무기명인 데다 해진을 언급할 필요가 없어 망설이지 않았다.

얼마 뒤, 해진에게서 연락이 왔다. 자퇴서를 내러 온다고 했다. 고민 끝에 담임을 찾아갔다. 해진의 일을 담임께 상의했다. 담임은 조사지에 P에 관해서 쓴 게 너냐고 물었다. 그

건 아니라고 말하며 고개를 저었다. 학년실로 나를 데리고 간 담임은 무표정한 얼굴로 지시하듯 말했다. 아무에게도 어떠한 말도 하지 마. 소문이 나면 해진이 곤란해질 거라고 입단속을 했다. 얼마 지나지 않아 P가 학교에서 사라지고 해진이 전학을 갔다.

서른이 지나고 딱 한 번 해진을 보았다. 백화점 근처에서 우연히 해진과 마주쳤다. 짧은 단발에 검정 슈트 차림이었다. 중식당에서 점심을 먹으면서 고교 친구들의 안부를 물었다. 남자 친구 있냐는 나의 질문에 해진은 함께 사는 남자가 있다고 했다. 묻지도 않았는데 P는 아니라며 웃음을 흘렸다. 해진의 거침없는 성격은 여전했다.

해진은 전학한 뒤로 P를 만난 적이 없다고 했다. 해진은 담임에게 P랑 자신에 대한 이야기를 전한 사람이 있다고 나를 곁눈질했다. 담임이 익명의 제보를 받았다고 하던데 난 너 말고 아무에게도 이야기한 적이 없거든, 해진이 배시시 웃었다. 나는 모른다고 말하며 화제를 돌렸다. 해진이 제보한 사람이 나인 걸 알고 질문한 것 같아 기분이 이상했다. 아니라고 거짓말을 했지만 전부 해진을 위한 일이었다. 헤어질 때 서로 연락처를 주고받았다. 하지만 그 뒤로 해진을 보지 못했다. 연락처로 전화해도 통화가 되지 않았다.

언젠가 동기 모임에서 한 친구가 말했다. 공원 벤치에서 P를 봤는데 더운 여름에 털 잠바를 걸치고 있었다고 했다. 다들 P에 대해 궁금해하던 참이었다. 해진의 옆집에 살던 친구 정연이 조심스럽게 입을 열었다. 그 당시, 해진의 부모가 이혼 소송 중이었고 그 충격으로 해진에게 허언증이 생겼다고 했다. 아마도 해진이 P에게 집착했는지도 모른다는 말을 흘렸다. 돌이켜보니 아빠에게 엄마가 아닌 다른 여자가 있어, 라는 말을 해진에게서 들은 기억이 난다. 해진이 너무 태연히 말해서 대수롭지 않게 여겼는데 그게 아니었던 모양이다. 정연은 해진이 그때 우울증 약을 먹었고, P도 그 일을 아는 터라 P가 해진을 위로해준 거로 안다고 했다. 그동안 아무에게도 말하지 못했던 것은 해진 엄마의 부탁 때문이었다고 말끝을 얼버무렸다.

내가 정말이냐고 묻자 정연은 부모님이 서로 친분이 있었다고 했다. 해진이 내게 거짓말을 한 건가? 내가 아는 것과 정연이가 말한 것은 달랐다. 집에 가기 싫을 때 머물 곳이 없어 거리를 헤맬 때 P가 모텔을 구하거나 원룸에 데리고 가 재워줬다는 해진의 말이 환청처럼 들려왔다.

며칠 동안 비가 오다 말기를 반복하더니 토요일 아침부터 비가 쏟아졌다. 약속대로 제이의 집으로 가야 했다. 현관으로 들어서자 실내에 송화버섯 냄새가 퍼져 있었다. 제이가 환한 얼굴로 맞아주었다. 식탁에 앉아 제이의 요리를 기다렸다. 식탁 위 액자 속 P에게 자꾸만 눈길이 갔다.

제이가 피클을 식탁에 놓으며 뭘 그리 유심히 보느냐고, 사촌 형이 이상형이냐고, 농담을 던졌다. 곧이어 버섯 크림 스파게티를 내어왔다.

식사하면서 일상적인 가벼운 대화를 이어갔다. 제이의 친절한 성격 때문일까, 제이와 함께 있는 자리가 불편하지 않았다. 버섯 스파게티와 함께 준 보르도의 적당한 산도, 풍부한 과일 향에 마음도 조금씩 누그러지는 듯했다.

제이가 며칠 전, 편의점을 다녀오다 나를 보았다는 이야기를 꺼냈다. 비가 오는데다 늦은 밤이어서 잘 보이지 않았지만 사람들과 대화를 나누는 것 같았다고 했다. 무슨 일이 있었냐고 물었다. 제이의 갑작스러운 질문에 나는 씹지도 않은 면을 삼켜버렸다.

제이가 부드러운 시선으로 나를 바라보았다. 잠시 고민하다 입을 열었다. 최근 미행하는 남자가 있어요. 누군지 알 수 없지만요. 이상하게도 말을 뱉자 두려움이 줄어드는 것 같았다. 나는 주차장 사건도 간단하게 이야기했다. 제이는 잠시 생각에 잠기더니 천천히 입을 열었다. 최근 누군가에게 잘못한 일이 있는지 물어봐도 되나요? 나는 고개를 가로저었다. 딱히 떠오르는 일이 없었다. 제이가 내게 왜 그런 질문을 하는지 궁금해졌다.

와인잔을 만지작거리던 제이가 경험담을 들려주었다. 동네 자치 봉사대에서 활동할 때 있었던 일이라 했다. 순찰하는데 운전자가 과속해서 뒤따라갔죠. 그냥 두면 사고가 날지도 모른다는 걱정에서요. 나중에 알았는데 배달 업체에서 퀵 서비스를 하던 남자였습니다. 제이의 말을 들으며 나는 보르도를 한 모금 더 마셨다.

퀵 서비스를 하는 남자요? 제이가 말을 이었다. 남자는 나를 경찰로 잘못 알았나 봐요. 빗길 사고로 오토바이가 파손되어서 차를 빌려 퀵을 한 모양이에요. 빨리 돌려줘야 한다는 생각에 마음이 바빴답니다. 내가 뒤따르자 차 속도를 더 올린 거죠.

제이의 말에 귀를 기울였다. 남자가 뒤쫓는 내 차를 피하려다 신호를 기다리던 노인을 치고 말았습니다. 거기다 음주 측정까지 걸렸고요. 술을 마신 뒤 네 시간이 지나 괜찮을 줄 알고 운전했대요. 제이가 내 눈치를 살폈다. 그만할까요? 유쾌하지 않은 이야기인데. 나는 괜찮다며 뒷이야기를 물었다.

제이의 목소리가 조금씩 작아졌다. 몇 년이 지난 뒤 파출소에 근무하는 지인에게서 남자의 소식을 들었어요. 사고가 난 뒤에 합의하지 못해 징역형을 받았나 봐요. 아내가 암 투병 중이어서 사는 게 힘든 시기에 그런 일까지 생겼다니 참. 남자가 출소하고 봉사대로 와서 난동을 부렸다는데 정작 난 남자의 얼굴도 기억이 안 납니다. 남자가 대리운전 일을 한다는 이야기는 설핏 들었습니다. 말을 마친 제이는 생각에 잠긴 듯 한동안 입을 닫았다.

이야기 때문일까? 와인의 끝맛이 쓰다. 제이가 들고 있던 잔을 내려놓고 내게 말했다. 저를 만나지 않았다면 남자의 인생이 달라졌을까요? 나는 잘 모르겠다고 대답했다. 같은 상황이라도 결과가 모두 같진 않으니까.

제이의 말을 듣는 중에 비 오던 밤, 주차장에서 본 사내가 떠올랐다. 혹시 제이가 말한 남자, 퀵 서비스를 하다가 대리운전 일을 한다는 사내는 아닐까. 제이를 내 남편으로 오해한 건 아닌지 알 수 없는 일이다.

제이가 P의 사진을 만지작거리며 나를 쳐다봤다. 사촌 형에게 그 남자의 이야기를 했더니 나를 위로해주더군요. 의도와 관계없이 어떤 일이 일어나고, 오해의 고리에 얽일 때가 있다고요. 오해로 인해 가해자가 될 수도 있다고 말했습니다.

내가 학원을 운영할 무렵, 형이 학교를 그만두고 싶다며 학원은 할 만하냐고 물었어요. 일자리가 필요해지면 강사로 오겠다더니 연락이 없었어요. 전화를 받지 않아서 통화가 힘들고요. 지인들과도 연락을 끊고 아무도 만나지 않는 것 같습니다. 작년에 시립 미술관 근방 지하철역에서 마주쳤는데 모습이 확 달라져 못 알아볼 정도였어요.

형이 학교를 그만둔 뒤, 큰아버지가 마녀사냥 이야기를 꺼냈어요. 교내 미성년자 폭행 사건을 단속할 때 형이 오해를 받았답니다. 큰아버지 말씀으로는 희생양이 된 거죠. 감성적인 형이 버티지 못하고 학교를 그만둔 것 같아요. 그 일로 형뿐 아니라 형의 가족도 힘든 시간을 보낸 걸로 압니다.

나는 들고 있던 와인 잔을 내려놓았다. 심장이 불규칙하게 뛰기 시작했다. 고교 시절 학교폭력 실태 조사지를 제출하는 모습, 교문을 나서며 정의감에 흐뭇해하는 순간이 스쳤다.

제이는 빈 잔에 와인을 채우며 이야기를 계속 이어갔다. 내가 알지 못하는 P의 이야기가 제이의 입을 통해 공중에 떠다니고 거실 구석구석 내려앉았다. 이마가 서늘해졌다. 누군가가 나를 보고 있는 듯해서 고개를 옆으로 돌렸다. 옆자리에 P가 앉아 있었다. 기억 속 얼굴 그대로였다. 넓은 이마 아래로 선량한 눈매, 둥근 콧날, 입술이 파리한 거 말고는 변한 게 없다. 동공의 초점이 흐려 어디를 바라보고 있는지 시선을 따라갈 수 없었다. P가 왜 여기에 있지? 헛것이 다 보이네. 주먹을 꽉 쥐었다.

형을 마지막으로 본 날, 평상시와 달랐습니다. 술을 못 마시는 형이 연거푸 술을 퍼부어댄 걸 보면. 나도 취한 터라 집까지 데려다주지 못했어요. 그날 밤 이후로 형을 못 만났습니다. 제이의 말에 어금니를 깨물고 말았다. 금이라도 간 걸까, 이가 시렸다. 제이가 하던 말을 멈추었다. 재미없는 이야기로 분위기만 무겁게 만들었네요. 미안합니다. 제이는 사과의 말을 건네면서 또 다른 이야기를 꺼내려고 했다.

제이의 다음 이야기를 듣지 않으려면 당장 일어나야 했다. 그만 갈게요. 의자에서 등을 떼자 몸이 휘청거렸다. 의자를 뒤로 밀고 고개를 들었을 때 P가 보이지 않았다. 그래, 착각이었어. 마음을 다잡는데 제이가 태연하게 물었다. 불편해 보이는데 괜찮아요? 제이가 내 안색을 살폈다. 덕분에 좋은 시간 보냈어요. 오늘 초대해줘서 고맙습니다. 나는 가볍게 인사하고 자리에서 일어섰다. 제이가 다음에는 다른 메뉴로 초대하겠다고 했다. 크림 스파게티가 입맛에 맞지 않으면 알리오 올리오는 어때요? 집중이 되지 않아 제이의 말에 제대로 대답할 수 없었다. 어색한 인사를 주고받고 돌아섰다.

계단을 내려올 때마다 P의 이야기가 발목을 잡는 듯했다. 이야기의 그림자들이 자꾸만 발에 감겨 발걸음을 내딛기가 어려웠다. 집에 들어오자마자 현관문을 급히 닫았다.

블랙 잭나이프

지하철 승강장을 걷다가 동전 하나를 주웠다. 손바닥을 폈을 때 숫자가 보이면 떠나고 학이 보이면 이 도시에 하루 더 머물 것이다. 동전을 공중으로 높게 던지고 떨어지는 방향으로 팔을 뻗었다. 손바닥을 펴자 학이 난다. 녹이 슨 탓일까, 날갯짓이 무거워 보인다.

해가 저물면서 바람이 제법 차다. 스카프를 꺼내려고 배낭에 손을 넣었다. 손을 휘젓는 동안 차가운 질감을 스친 느낌이 없다. 나는 배낭 입구를 벌리고 안을 뒤졌다. 아버지의 잭나이프가 보이지 않는다.

퇴직하던 날, 아버지는 내게 세관통관 번호에 관해 물었다. 해외 직구로 사고 싶은 물건이 있다고 했다. 노트북 화면을 들이밀며 아버지가 가리킨 건 '블랙 잭나이프'였다. 평소 당신 물건을 사는 일이 잘 없기에 나는 서둘러 주문해주었다. 물건은 배송되어 오는 데만 보름이 걸렸다. 아버지는 캠핑장을 만들 거라고 꿈꾸듯이 말했다.

아버지가 항상 가지고 다녀서일까. 세상을 떠난 아버지를 생각하면 잭나이프가 절로 떠오른다. 아버지는 그것으로 봉투나 상자를 열고, 노끈을 자르고, 과일을 깎고, 호신용으로도 몸에 지녔다.

아버지 집을 나오면서 거실 바닥에 떨어져 있는 잭나이프를 챙겼다. 그걸 잃어버리다니. 며칠 전 청소 아르바이트를 했던 이층집, 거기서 흘린 걸까.

역을 빠져나와 공원 쪽으로 걸음을 옮겼다. 삼십 분 정도면 이층집에 도착할 수 있다. 산책로를 따라 강이 길게 뻗어 있고 수면 위로 크고 작은 낙엽이 바람이 부는 대로 떠다닌다. 강아지를 데리고 산책하는 사람도 가끔 눈에 들어온다.

아버지가 머루를 데리고 온 날도 가을이었다. 웬 강아지냐는 오빠의 물음에 아버지는 미소를 지었다. 한 시간 전부터 날 쫓아온 게 여기까지 온 거야. 아버지는 머루를 내치지 않았고 머루는 아버지를 잘 따랐다. 아버지가 세상을 떠나던 날도 아버지 옆을 지킨 건 오빠와 내가 아닌 머루였다.

이층집에 도착해서 벨을 길게 눌렀다. 여러 번 눌러도 인기척이 없다. 나는 대문 앞에 앉아 누구라도 오기를 기다렸다.

날이 점점 어두워졌다. 일어나서 문을 두드려도 반응이 없다. 어쩌면 아직 빈집인지도 모른다. 안전키의 덮개를 올리고 비밀번호를 눌렀다. 혹시 문이 열리면 물건만 찾고 나오면 될 것이다. 비밀번호를 잊지 않았다. 002, 우리 엄마의 이름이 공영희니까. 문이 열린다.

파라솔과 벤치가 놓인 정원은 나흘 전 그대로다. 대문을 닫고 돌아섰을 때 그림자 하나가 벽 뒤로 어른거리다 눈 깜짝할 사이에 사라졌다. 개의 그림자 같다.

나는 청소하러 왔던 날의 기억을 찬찬히 되살려보았다. 아버지가 세상을 떠나고 집으로 들어갔지만 머물기 싫었다. 고시원에서 지내며 어영부영 시간을 보내다 보니 통장 잔고가 바닥을 드러냈다. 일자리가 필요해 급하게 구한 게 청소 아르바이트다.

잭나이프를 맨 처음 꺼낸 건 발코니에 설치된 그물막을 없앨 때였다. 그물막을 쓰레기봉투에 담고 칼은 호주머니에 넣었을 텐데. 그때 바닥에 흘렸다면 누군가 주워서 수납장에 넣었을지도 모른다.

현관에 신발이 보이지 않는다. 운동화를 들고 현관 안으로 서너 걸음 걸을 때까지도 인기척이 없다. 신발장 문을 열었다. 밑창과 굽이 연결된 웨지 스타일의 여성용 구두가 보인다. 거실 쪽으로 걸었다. 천장이 높은 거실과 발코니로 통하는 유리 슬라이딩 도어가 눈에 들어온다.

거실 중앙에 4인용 소파가 스툴과 함께 기역 자로 놓였다. 소파 뒤에는 키 작은 장식장 두 개가 벽면을 따라 나란히 서 있다. 장식장 내부에는 원색 계열의 찻잔이 가득하다. 찻잔 아래에는 여행지에서 가져온 듯한 그림엽서가 켜켜이 쌓여 있고 작은 종들과 다양한 종류의 오프너가 뒤섞여 있다.

잭나이프는 어디에 있을까. 거실 수납장을 둘러보고 안방으로 갔다. 붙박이장 안으로 두툼한 이불이 자리를 차지하고 있다. 맨 왼쪽 칸에 의료용 보조기가 보인다. 아버지가 사용하던 관절 보조기와 비슷하다. 주방으로 와 싱크대를 뒤져도 보이지 않는다. 이층으로 올라갔다. 계단 오른쪽에 스피커가 달린 미디어 룸, 맞은편 방은 게스트 룸이다. 방을 확인하고 아래로 내려왔다.

청소하러 온 날, 발코니에 놓인 푸른색 안락의자에 앉아보고 싶었다. 우리 집에도 안락의자가 있었다. 세상을 떠난 엄마가 즐겨 앉던 의자랑 비슷하다. 주인이 들이닥치기 전에 나가야 한다고 생각하면서도 의자 깊숙이 몸을 묻었다. 구름에 반쯤 가려진 달이 눈에 들어온다. 아버지가 운영하던 캠핑장처럼 지대가 높은 곳이다. 날이 밝으면 공원이 훤히 내다보이고 창문 밖으로 가을 풍경이 가득 찰 거다.

엄마가 세상을 떠난 뒤 아버지는 돈을 끌어모아 땅을 사고 거기에 캠핑장을 만들었다. 설립 조건이 까다롭지 않을 때였다. 사람을 불러 땅을 고르고 시설을 정비해 캠핑장을 시작하는 데 반년도 걸리지 않았다. 아버지는 잭나이프가 수호신이라며 항상 몸에 지녔지만 내겐 흔한 접이식 칼로밖에 보이지 않았다.

아버지는 캠핑장에 텃밭을 일구고 블루베리 농장을 만들었다. 새를 막기 위해 나무 작대기에 고무를 걸어 새총도 만들었다. 나는 농장에 가면 새총부터 쥐었다. 새를 쫓는 게 아니라 블루베리만 떨어뜨린다고 아버지가 언짢아해도 몰래 새총을 쏘곤 했다.

오 년 가까이 근무한 어린이집을 그만두고 집으로 내려온 날, 아버지는 내게 아무런 질문도 하지 않았다. 평소처럼 블루베리를 따다 주었다. 왜 그만두었냐고 물어도 답하지 않았을 거다. 입에 옮기기조차 싫은 일이니까.

반 아이가 등원하자마자 다리가 아프다고 했다. 3세라도 말이 늦은 아이였다. 다리를 살펴봐도 다친 흔적은 안 보였다. 아이 집으로 연락하자 어머니가 와서 아이를 데리고 갔다. 오후 수업 중에 학모가 교실에 들이닥쳤다. 아이의 발목 인대가 늘어났다며 내 얼굴을 후려쳤다. 반 아이들이 놀란 눈으로 보고 있었다. 뒤늦게 원장이 달려와서 무조건 학모에게 빌라고 했다. 나는 원장 말을 듣지 않고 일을 그만두었다.

그날 밤 아버지가 내준 블루베리를 안주 삼아 와인 한 병을 혼자 다 마셨다.

그해 여름 내내 비가 내렸다. 아무 일도 하지 않고 창밖을 두드리는 빗줄기만 바라보는 날이 많았다. 시간이 지나면서 어린이집에서의 분노나 피로감에서 조금씩 회복되었고 가을에는 새로운 일을 시작할 수 있으리라는 기대감도 설핏 들었다. 하지만 여름은 그냥 지나가지 않았다. 전국이 태풍에 휩싸여 피해 지역이 많았다. 아버지의 캠핑장도 안전하지 못했다.

폭우가 캠핑장을 덮친 날, 아버지는 밤늦게 귀가했다. 자정이 되어도 잠이 오지 않았다. 비바람 때문만은 아니었다. 옆방에서 아버지의 한숨 소리가 그치지 않았다. 한참 뒤 한숨이 코 고는 소리로 바뀌었다.

잠을 설치다 새벽 한시가 지나서야 겨우 잠자리에 들었다. 잠결에 쿵, 하는 소리가 들려 일어났다. 정전 상태였다. 핸드폰 플래시를 켜고 방에서 나갔다. 발바닥이 아렸다. 넘어진 거실장 주위로 깨진 유리 조각이 흩어져 있었다. 아버지가 나를 부르는 소리가 소음에 섞여 들려왔다.

옆방으로 갔다. 아버지가 소리쳤다. 천장이 무너져 방 안에 갇혔다고. 방문이 열리지 않았다. 119로 전화를 걸 때 등 뒤로 차고 단단한 것이 나를 스쳤다. 돌아보니 서너 걸음 뒤에 거울이 떨어졌다. 아버지가 내게 먼저 나가라고 했다. 천장에서 철 구조물이 돌 부스러기와 함께 쏟아졌다. 나는 몸을 돌려 현관 쪽으로 뛰었다. 집 안의 가구들이 넘어지고 부서지고 벽이 허물어졌다. 눈을 떴을 때는 병원이었다.

많은 것들이 폭우에 휩쓸려 사라졌다. 아버지의 거처는 무너졌고 캠핑장의 전기 설비도 엉망이 되었다. 아버지가 정성껏 가꾼 블루베리 농장과 텃밭이 쓸려갔다. 해마다 만들던 매실청을 만들 수 없게 되었다. 나무들이 뿌리째 뽑히고 창고와 샤워장으로 쓰던 컨테이너들도 강어귀에 처박혔다.

뒤늦게 구조된 아버지는 잭나이프부터 찾았다. 일흔인 아버지는 쉽게 자리에서 일어나지 못했다. 머리와 다리를 다쳐 치료 뒤에도 거동이 불편했다. 아버지를 보살필 사람이 필요했다. 기력을 되찾을 때까지만 요양병원에 계시는 건 어떠냐고 오빠가 물었을 때 아버지는 베개를 던지고 평생 안 하던 욕설까지 퍼부었다.

아버지가 떠오르면 딸꾹질이 나온다. 지금도 그러하다. 휠체어 생활을 하는 아버지를 종종 혼자 두었던 일, 결국 아버지를 두고 집을 나와버린 일이 머릿속에서 떠나지 않는다. 피곤함이 몰려온다. 수납장을 더 찾아봐야 하는데 눈꺼풀이 자꾸만 내려온다. 커다란 창문 너머로 보이는 밤하늘이 검은 바다 같다.

잠결에 문이 열리는 소리가 들렸다. 놀라서 눈을 떴다. 여기서 잤다니. 나는 재빨리 이층으로 몸을 피했다. 핸드폰 화면을 보니 벌써 열시다. 문틈으로 귀를 기울였다. 바퀴가 구르는 소리가 가깝게 다가왔다. 아버지가 준 미니 망원경을 배낭에서 꺼내 일층을 내려다보았다.

베이지색 재킷을 걸친 중년 남자가 앞서고 병원 유니폼을 입은 청년 두 명이 뒤따른다. 계단 옆으로 간이침대가 옮겨진다. 침대에 사람이 누워 있다. 체형이 왜소하고 긴 머리인 걸로 봐서 여자 같다. 몸이 불편한 모양이다. 움직임이 없다.

"여기가 안방입니다. 조심하세요. 아내가 놀라요."

말투로 봐서 주인 남자 같다. 키가 크고 마른 체형에다 목소리가 나긋하다. 남자가 앞치마를 두른 젊은 여자에게 약봉지를 건넨다.

"약, 잊지 말고 먹여요. 계속 잠을 자도록."

"수민 씨를 돌본 지 벌써 반년이에요. 걱정 마세요."

간병인 여자의 말에 남자의 얼굴이 편안해진다.

안방으로 들어간 남자가 밖으로 나와 여자를 부른다.

"곧 겨울이네요. 이불 좀 두꺼운 거로 가져다줘요. 아내가 말을 못 하니 알아서 챙겨줘요."

남자의 말에 여자가 민첩하게 움직인다.

잠시 뒤 청년들이 주인 남자에게 인사를 하고 출구 쪽으로 걸어간다. 현관문 열리는 소리가 들리고 곧이어 클랙슨 소리가 어렴풋이 들려온다. 창가로 가서 블라인드 한 자락을 들었다. 흰 개 한 마리가 차 주위를 어슬렁거리더니 슬그머니 사라진다.

재킷 주머니에서 핸드폰이 떨어지는 걸 가까스로 잡았다.

전원을 끄려고 보니 오빠에게서 부재중 전화가 여러 차례 와 있다. 전화를 받지 않자 문자를 보냈다. 그만 좀 해. 언제까지 돌아오지 않을 거니? 아버지가 돌아가신 건 너 때문이 아니라고. 매번 같은 내용의 문자다. 가끔 철자가 틀리거나 어순이 바뀌는 경우가 있지만. 딸꾹질이 올라와 손으로 입을 막았다.

사고 뒤에도 아버지는 휠체어에 앉기보다 걸으려고 애썼다. 아버지는 아침 일찍 일어나 세수를 하고 시트러스 향의 화장품을 바르고 거울을 자주 들여다봤다. 하지만 시간이 지나도 몸이 회복되지 않자 조금씩 변해갔다. 냉장고를 열고 직접 반찬을 꺼내 식탁에서 밥을 먹는 모습은 더 이상 볼 수 없었다. 침대에서 식사하려고 떼를 쓰고 아침저녁으로 하던 세수를 하루에 한 번, 언제부턴가 격일로, 그러다 며칠에 한 번 하기도 했다. 아버지의 좋은 낯빛은 이내 거무스레해졌다.

아버지는 예전과 다르게 침대에 자주 누웠다. 안방을 들여다보면 늘 자는 것 같았다. 잠을 깨우면 짜증을 내고 말을 걸어도 대답하지 않을 때가 많았다. 없던 식탐까지 생겨 체중이 표 나게 늘어났다.

바깥 볼일이 있을 때는 휠체어를 침대 앞에 두고 나왔다. 식사 시간을 챙기지 않는 날이 늘자 아버지가 입을 닫았다. 딸의 무신경함이 섭섭하고, 무시당한다는 것에 화가 났을 거라는 걸 알면서도 외출하고 종종 밤늦게 귀가했다. 친구를 만나 자주 가던 이탈리안 레스토랑에 가서 와인을 마시고 수다를 떨었다. 그러다 보면 집으로 가는 시간이 늦어졌다.

시간이 흘러도 아버지는 회복될 기미가 보이지 않았다. 아버지는 사물의 이름을 자주 잊었다. 인지력에 문제가 생기면서부터는 잭나이프에 집착했다. 날카로운 것이라 옷장이나 서랍장에 숨겨도 귀신처럼 찾아내서 주머니에 넣었다. 나의 의지와 무관하게 아버지와 더 많은 시간을 함께 보내야 했다. 요양병원에 대해 여쭤보면 어눌한 말로 가지 않겠다고 대답했다. 그곳은 유령의 집이야. 요양병원에 관해 좋지 않은 영상이라도 본 걸까. 아버지는 뭔가를 되새기며 완강히 거부했다.

오빠는 회사 일로 바쁘다고 집에 오지 않았다. 뭐든 필요한 건 다 사준다고 했지만 딱히 오빠의 도움이 필요 없었다. 아버지의 체크카드로 충분했다. 가끔 밖에 나가면 쇼핑을 하고 들어왔다. 집 안은 생활에 필요하거나, 필요하지 않은 물건들로 쌓여갔다. 아버지는 옷장을 자주 뒤졌다. 잭나이프를 찾다가도 자신이 무얼 찾는지 종종 잊어버렸다. 내 옷을 휘감고 즐거워하다 갑자기 울음을 터트렸다. 그런 아버지와 함께 놀이를 했다. 카드놀이를, 숨바꼭질을, 줄다리기를 했다. 나보다 머루가 아버지와 더 잘 지내는 것 같았다. 아버지가 두루마리 휴지를 던지면 머루는 꼬리를 흔들며 달려갔다.

나의 일상도 흐트러졌다. 아버지 때문만은 아니다. 몇 년을 사귄 동아리 선배와 헤어졌다. 선배는 직장 동료와 연애를 시작했다고 내게 통보했다. 학교 때는 특별한 관계가 아니었고 졸업 후 다시 만나 사귀게 된 사이였다. 선배와 헤어진 뒤로 일주일에 두 번 가는 요가가 지루해졌고 즐기던 쇼핑도 귀찮아졌다.

친구들과의 수다도 심드렁해지고 어느 순간 밥 냄새가 싫어졌다. 아버지의 식사를 챙기다가도 헛구역질이 났다. 머루는 운동을 시키지 않아 살이 쪘고 목욕을 못 해 털이 지저분해졌다. 아버지와 머루를 걱정하면서도 집 떠나는 생각을 종종 했다.

오빠에게 전화를 걸었다.

—더는 못 하겠어. 미쳐버릴 것 같아.

—엄살은.

오빠는 나를 달랬고 전화가 잦아지자 화를 냈다.

—요즘 취업하기 얼마나 힘든데 일이라고 여겨.

—잠시라도 떠나고 싶다고.

—나도 바빠. 돌아버리겠어. 도우미와 간병인을 부르라고.

그 뒤로 오빠는 나의 전화를 받지 않았다.

나는 작년 가을을 버티지 못했다. 당분간 찾지 마. 아버지를 부탁해. 오빠에게 문자를 남기고 집을 나왔다. 아버지는 현관까지 따라와 내게 잘 다녀오라고 손을 흔들어주었다.

아버지에게서 벗어나도 딱히 갈 곳은 없었다. 가능한 집과

거리가 먼 곳으로 가고 싶었다. 친구가 있는 제주도로 갔다. 열흘 정도 지내다 보니 살 것만 같았다. 소품점 골목과 특색 있는 독립 서점들을 돌아다녔다. 조금씩 식욕이 생겨 좋아하는 전복죽도 먹었다.

제주에 더 머물고 싶어졌다. 친구 소개로 숙식이 제공되는 게스트하우스 아르바이트를 했다. 그곳에서의 사계절이 다 채워갈 즈음 오빠에게서 전화가 왔다. 아버지는 잘 지내시지, 라는 의례적인 말을 건넸다.

그동안 잘 지냈냐고? 놀라지 말라며 오빠는 전과 다르게 차분한 어조로 대답했다. 무슨 일이라도 생긴 건 아닌지 불안해졌다. 오빠는 할 말을 미리 준비라도 한 듯 한꺼번에 말을 쏟아냈다.

—아버지를 요양병원에 모시려고 했는데 그러지 못했어. 간병인이 잠깐 자리를 비운 사이에 집을 나가셨어.

—무슨 말이야?

—사고가 났어. 집 근처 도로에서. 밤이어서 운전자가 보지 못했대.

—지금 아버지 어디 계셔?

—오전에 세상을 떠나셨어. 사고 후유증으로.

오빠도 임종을 지키지 못한 모양이다. 알려준 병원으로 바로 달려갔다. 오빠에게 아버지를 왜 이렇게 보냈냐고 다그쳤다. 한참 동안 말이 없던 오빠가 입을 열었다.

—넌 아버지를 버렸잖아.

장례식장에서 우리는 서로에게 아무 말도 하지 않았다. 아버지를 납골당에 모시고 집으로 돌아와서는 서로를 탓하고 온갖 저주의 말을 퍼부었다. 그리고 함께 울었다.

그때부터 딸꾹질이 더 자주 올라왔다. 소리를 너무 질러 목이 놀란 걸까. 친구들은 목에 혹이라도 생긴 거 아니냐고 우려했다. 딸꾹질이 사라지지 않아 병원에 가봤지만, 이비인후과 의사는 별문제가 없다고 했다. 여러 사이트에서 딸꾹질에 대한 자료를 검색해도 특별한 정보는 안 보였다.

아르바이트를 하다가도 딸꾹질로 여러 차례 난처한 경우를 겪었다. 편의점 점주는 처음엔 웃다가 나중엔 신경 쓰인다며 짜증을 냈다. 딸꾹질 뒤 시큼한 것이 올라와 내과 질환일 수도 있다는 생각에 다시 집 근처 병원에서 진료를 받았다. 의사는 종합검진을 받아보라고 했다. 검진 결과 이번에도 특별한 문제는 없었다. 사회생활이 불편할 정도라고 약을 처방해 달라고 하자 의사는 약 대신 신경정신과 상담을 권유했다. 그 뒤로 병원에 다시 가지 않았다.

일층을 살피다가 발이 저려 주저앉았다. 잭나이프만 찾아 이 집에서 나가면 되는데 생각만큼 쉽지 않았다. 밤이 되면 움직이기 편할까, 아니 새벽이 나을지도 몰라. 고민하는데 현관문 열리는 소리가 들렸다.

창밖을 내다보았다. 주차장 쪽으로 걸어가는 주인 남자가 보인다. 남자는 핸드폰을 들여다보고는 서둘러 차를 탄다. 골목을 빠져나가는 차를 보자 긴장이 풀리고 피로가 몰려온다.

인터폰이 울린다. 다시 귀를 기울인다. 누가 방문한 걸까? 간병인이 나가는 거라면 칼을 찾아 이 집을 떠날 기회다. 바깥을 보니 골목에 택배 차량이 보인다. 택배물이 온 것 같다.

오후가 되자 배에서 꼬르륵, 소리가 난다. 옆에 있는 생수병을 들이켜고 벽에 몸을 기대었다. 간병인이 누군가와 통화하는 소리가 이층까지 들린다.

"못 나가. 일하는 중."

아래층을 주시했다. 핸드폰을 가지고 서성거리는 간병인의 모습이 보인다.

"주인 남자는 주말에만 오고 여자는 귀찮게 하지 않아. 잠만 자거든."

간병인 여자의 목소리가 밝다.

여자가 옷을 갈아입고 거실로 나온다. 짧은 반바지에 헐렁한 티셔츠를 입고 머리는 하나로 묶는다. 요가 동작을 되풀이하며 통화한다.

"네가 이리로 와."

상대방이 뭐라고 한 걸까, 여자가 목청을 높여 말하지만 잘 들리지 않는다.

"주인 여자는 늘 자. 신경 쓸 필요 없어. 그냥 와."

간병인은 전화를 끊고 다시 흥얼거린다. 아무도 없다니, 주인 여자는 투명 인간인가. 간병인의 말을 곰곰이 생각하다 잠깐 누웠다. 방바닥이 차서 내장이 서늘해지는 것 같다. 속에서 비릿한 냄새와 함께 딸꾹질이 또 올라온다.

등이 차가워 일어났다. 밖을 내다보니 간병인의 옷이 또 바뀌었다. 외출이라도 하는 걸까. 모자까지 쓰고 있다. 간병인이 장바구니를 들고 대문 밖으로 나간다. 나는 서둘러 배낭을 챙겼다.

조심스럽게 계단을 내려왔다. 잭나이프는 어디에 있을까. 눈에 띄는 곳, 몇 군데만 살펴보고 없으면 그냥 나가야 한다. 안방을 들여다보았다. 잠이 들었는지 주인 여자는 미동도 없이 누워 있다. 정수기에 컵을 대고 냉수를 받아 물을 마시려다 컵을 제자리에 두었다.

수납장이 많은 지하로 내려갔다. 수납장 안에는 참치, 스팸 등 다양한 통조림과 각종 생필품이 보관되어 있다. 나는 생수병을 꺼내 배낭에 넣었다. 청소하러 온 날, 청소업체 직원이 투덜거렸다. 이 집은 무슨 사재기를 한 것 같다고. 그러면서 수납장에 든 전기 포터를 꺼내 컵라면을 끓여 먹었다. 두세 개 없어져도 모를 거라고.

주방으로 올라와서 싱크대를 살폈다. 잭나이프를 찾는데 현관문이 열리는 소리가 났다. 나는 안방 문 뒤로 급히 몸을 숨겼다.

"시장에 갔다고요?"

남자의 목소리다. 간병인과 통화하는 것 같다.

"지갑을 두고 가서 챙기려고 왔는데 안 보여서요. 안방에 둔 것 같은데."

남자의 발걸음이 안방 쪽으로 향하고 있다. 나는 서둘러 침대 아래로 들어갔다. 침대 밑으로 휴지를 던지기라도 한 걸까, 쌓인 휴지를 밀어내고 자리를 잡았다. 먼지 때문에 코가 간지럽다. 핸드폰 벨이 울리고 남자가 전화를 받는다.

핸드폰 밖으로 누군가의 목소리가 흘러나온다.

"엄마는 며느리가 자는 것도 걱정이야?"

남자가 투덜댄다.

"놓아주긴. 내가 뭘 붙잡는다고!"

통화 내용은 들리지 않고 남자의 목소리가 거칠어진다.

"또 참견이야. 어디로 보내라고?"

남자가 버럭 소리를 지른다.

"요양 병원은 무슨. 쓸데없는 소리."

두 사람의 대화 내용이 수상하다. 귀를 기울이는데 남자가 전화를 끊고 침대 쪽으로 다가온다.

"눈 감기 전에는 여기서 못 떠나. 네가 깨면 내가 곤란해진다고."

남자가 중얼거리며 안방을 맴돈다. 딸꾹질이 나오는 걸 가까스로 숨을 참았다. 남자의 도트무늬 양말이 안방 바닥을 쓸고 다니는 게 보인다.

"그래. 계속 자. 편안하게. 이렇게 수명대로 살아."

여자는 여전히 아무런 반응이 없다.

저 남자 도대체 뭐지? 이상한 남자잖아.

주인 여자는 지금 빨랫줄에 걸린 이불처럼 누가 수거해 가는지도 모른 채 축 늘어져 있다. 아무렇게나 개켜진 상태로 옷장에 들어가서 누군가가 꺼내주기 전에는 밖으로 나오지 못하는 옷처럼 꼼짝없이 갇혀 있는 건 아닐까.

서랍을 여닫는 소리가 나고 곧 발소리가 멀어진다. 딸꾹질이 올라와서 소매에 얼굴을 급히 묻었다. 남자가 돌아선 건가. 발의 방향이 갑자기 바뀐다.

"너, 딸꾹질한 거니?"

남자가 혼잣말 끝에 거실 쪽으로 걸어 나간다. 곧이어 현관문이 닫힌다.

침대 밑에서 나와 옷에 묻은 먼지를 털었다.

"미친놈이군."

"맞아요."

주위를 둘러보았지만 주인 여자와 나밖에 없다. 여자는 손가락 하나 꼼짝하지 않는다. 잘못 들은 거겠지. 다시 여자를 바라본다. 허공에서 눈길이 마주친다. 여자의 눈가가 짓물러 있다.

"잃어버린 물건을 찾으러 왔어요."

이참에 주인 여자에게 솔직하게 말하는 게 나을 것 같았다. 무단침입자로 신고되면 곤란하니까.

여자의 얼굴에 희미한 미소가 지나간다.

밖에서 개 짖는 소리가 들려온다. 누가 온 걸까. 간병인이 들이닥치기 전에 밖으로 나가야 한다.

"저, 저기요?"

"네?"

"개가 날 찾아요. 우리 개. 밥 좀……"

자기 걱정을 먼저 해야 할 것 같은데. 개 걱정은. 나는 못 들은 척 뒷걸음질 친다.

침대 맞은편 화장대 위에 흰색 약통이 보인다. 아까 남자가 간병인에게 건넨 약통 같다. 주인 여자를 돌아보았다. 다시 잠이 든 걸까. 침몰하는 배처럼 헝클어진 이불 속에 죽은 듯이 몸을 맡기고 누워 있다. 여자의 약통에 마음이 쓰인다. 아버지는 유독 푸른 띠를 두른 약통을 보면 바닥에 패대기치듯 던졌다. 아버지는 몰랐을 텐데. 내가 가끔 수면제를 먹인걸.

수납장을 뒤적이며 잭나이프를 찾는데 여자의 목소리가 들린다. 나를 부른다.

"저기요……"

여자의 동공이 흔들리며 커졌다.

나는 여자에게 몸을 바짝 붙였다.

"말씀하세요. 뭐라고요?"

여자는 대답이 없다. 기력이 없는 건지, 다시 잠든 건지 알 수 없다. 피곤한 일에 휩쓸리고 싶지 않다는 마음에 뒤로 물러설 때였다.

"기…… 기다릴게요."

다가갔을 때는 이미 여자의 눈꺼풀이 내려간 뒤였다. 잠이 든 것 같다.

거실로 나와 현관 쪽으로 발걸음을 옮기다가 안방을 돌아봤다. 계속 잠만 잘 것 같은 여자의 방으로 어둠이 고이고 있었다. 마음이 헛헛하여 한동안 바라보았다. 꼼짝없이 누운 채로 마음 나눌 사람 하나 없이 언제 끝날지 모를 시간을 죽여가는 것. 다가올 미래의 시간이 더 나을 것이라는 믿음 따위는 이미 버렸을지도 몰라. 날마다 눈을 뜨면 언제 들어갈지 모를 자신의 관을 짜고 있을 여자의 모습이 스친다.

개 짖는 소리가 또 들려온다. 저 소리가 잠든 여자를 계속 깨우고 있는지도 모른다. 나는 주방으로 가서 수납장 한쪽에서 본 애견용 사료를 꺼냈다. 여자의 개를 생각하며 정원 뒤쪽을 한 바퀴 돌았다. 개집이 보인다. 배설물을 치우고 개집에 깔린 방석을 꺼내 털었다. 사료를 봉지째 두고 일어서는데 머루가 떠오른다. 아버지가 세상을 떠난 뒤 보이지 않는 머루. 여자의 개처럼 머루도 집 주위를 배회하고 있진 않을까.

어쩌면 머루를 찾는 것. 그것이 아버지가 원하는 일일지도 모른다는 생각이 설핏 든다. 딸꾹질을 참으며 걷다가 개집 근처에서 걸음을 멈추었다. 서너 발치 앞에 금속 재질의 뭉텅한 것이 눈에 들어왔다. 아버지의 잭나이프. 체리 나무로 된 손잡이가 풀에 묻혀 반쯤 드러나 있다.

재빨리 잭나이프를 챙기고 대문 밖으로 나가려는데 간병인이 들어선다. 낯선 여자가 비틀거리며 뒤따른다. 여자의 손에 맥주 캔 두 개가 들려 있다. 두 사람은 정원에 있는 테이블에 앉는다. 야외 조명이 테이블을 훤히 비추었다.

"오, 풀장이 있네. 여기 누가 살아?"

여자의 말에 간병인이 키득거린다.

"잠자는 공주."

"정말?"

"잠만 자거든."

"좀 깨우지?"

"아니. 공주가 깨어나면 난 실업자가 돼. 목소리 낮춰."

여자들이 소곤소곤, 수다를 떤다.

"캔 맥주 더 있어?"

"당연하지. 창고에 널린 게 술인걸."

간병인이 웃음을 흘리며 자리에서 일어난다.

두 사람의 웃음소리가 조용한 밤공기를 뒤흔든다.

대문 쪽으로 몸을 돌렸다. 발걸음이 떨어지지 않는다. 기다릴게요, 금방이라도 감겨서 다시는 뜨지 못할 것 같은 눈, 겨우 내뱉던 여자의 말이 아버지의 말과 겹친다. 잘 다녀오라고 내게 손을 흔들어주던 아버지의 모습이 눈에 어른거린다. 아버지의 손처럼 여자의 목소리가 잊히지 않을 거다. 멈추지 않는 딸꾹질과 함께.

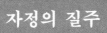

자정의 질주

해운 상가는 복도식 삼층 건물로 빈 점포가 많다. 상가 입구에 들어서자마자 계단을 재빨리 올랐다. 이층 센터 복도에 한 남자가 보였다. 오른손에 돌이 쥐어져 있다. 눈이 마주치자 기다렸다는 듯이 내게 다가섰다. 눈 아래 큰 점이 낯이 익은데 기억이 나지 않았다. 남자는 등 뒤로 오른손을 감추고 자신을 교육생, 얀이라고 소개했다.

"새라 샘, 샘은 다 알고 있었죠?"

"알다니요? 뭘요?"

애써 침착하게 말했다.

"모른다고요?"

얀의 눈에 붉게 핏발이 서 있었다.

무슨 일이냐고 되물을 때 문자음이 울렸다. 얀이 폰을 들여다보더니 주위를 두리번거렸다. 급히 가야 할 곳이 있는 것 같았다.

"샘, 할 말이 있어요. 정오에 센터 앞, 카페에서 기다릴게요."

한국어 발음이 어눌했지만 얀의 목소리에서 다급함이 느껴졌다. 얀은 알았다는 내 대답이 끝나기도 전에 복도에서 사라졌다.

긴장한 탓일까, 번호키의 비밀번호를 헛짚어 여러 번 눌렀다. 센터에 들어와 걸이쇠로 문을 잠그고 벽에 기대섰다. 숨을 고르고 회원 명부를 조회했다. 얀의 정보를 찾는 건 그리 어렵지 않았다. 필리핀에서 온 얀은 두 해 전 이곳에서 한국어 과정을 이수하고 취업한 교육생이다.

일이 손에 잡히지 않았다. 유자청에 뜨거운 물을 붓고 스푼으로 컵 속을 휘저었다. 유자청이 퍼지면서 천천히 위로 올라왔다. 이곳은 지역 센터를 보조해주는 하부 센터여서 여러 가지 일을 혼자 처리해야 할 때가 많다. 센터에서의 일이라면 내가 모를 리가 없는데 무슨 일일까, 왜 돌을 들고 있었을까, 돌이라도 던질 속셈인가. 생각 끝에 장이 떠올랐다. 센터 밖에서 교육생을 만날 때는 장과 동행하곤 했다. 장에게 전화를 해서 사무실에 잠깐 들르겠다고 말했다. 장과 함께 가면 위험한 일은 생기지 않겠지. 입안에 쌉싸름한 유자가 씹혔다.

다문화 지원센터에서 일하면서 장을 알게 되었다. 집을 구할 때 장이 비어 있던 자기의 옆집을 소개한 뒤로 더 가까워졌다. 교육생이 직업 훈련 과정을 마치면 장에게 취업을 부탁했고, 장은 일자리를 소개해주었다. 얀도 장의 도움으로 직장을 가질 수 있었다. 그 때문일까? 장의 직업소개소에는 외국인 노동자들이 자주 드나들었다. 일자리를 소개받은 교육생 중 몇몇은 급하게 돈이 필요하면 장에게 빌렸다. 장은 턱없이 높은 이자를 요구하지는 않았다. 돈놀이를 하는 사람은 아니었다.

시간을 확인하고 장이 있는 직업소개소로 향했다. 카페에서 기다리겠다는 얀이 떠올라 걸음을 재촉했다. 소개소는 이십 년이 지난 단층 건물이다. 벽에 생긴 균열 사이로 시커먼 먼지가 눌어붙었다. 벽 모서리에서 시작된 거미줄이 출입구 간판까지 뻗쳐 있다.

출입구 맞은편, 대기실에는 일자리를 구하러 온 사람들로 북적였다. 사무실의 퀴퀴한 냄새와 사람들의 다양한 체취가 뒤섞여 실내가 텁텁했다. 사람들은 비슷한 자세로 앉아 각자의 사연을 늘어놓고 있었다. 다들 사는 게 만만치 않다는 걸 서로 다른 목소리로 말하고 있는 것 같았다. 사람들의 이야기를 깨는 고함이 들렸다. 소장실로 고개를 돌렸다.

"좀 기다려주세요."

장의 목소리가 대기실 밖으로 새어 나왔다.

"빌려 간 삼천만 원 내놔! 박 부장은 어디 간 거야?"

한 사내가 박 부장을 들먹이며 장에게 책임을 물었다. 장은 사무실 사정을 말하며 급한 대로 천만 원이라도 받으라고 했다. 박 부장을 찾으면 해결해주겠다고 달랬지만 사내는 목청을 더 높였다.

"어디 숨었어? 동업자니 당신이 알 거 아냐?"

사내는 언성을 높여가며 원금을 갚지 못할 경우 이자를 배로 넣으라고 협박하듯 말했다.

"매월 받는 이자를 두 배로 올리겠다니, 말도 안 돼요!"

장이 벌컥 소리를 내질렀다.

"내가 신고하면 당신들, 사기죄야!"

장과 사내의 대화가 길어질 것 같아 그냥 돌아갈까 망설이던 참이었다. 소장실에서 쾅, 문을 여닫는 소리가 났다. 사내가 뒷문으로 나간 걸까, 사내의 목소리가 더 이상 들리지 않았다.

소장실 문을 열었다. 금팔찌가 장의 책상 위에서 반짝거렸다. 장은 오른쪽 눈에 루페를 갖다 대고 팔찌를 들여다보고 있었다. 내가 부르자 그제야 장이 고개를 들었다. 장의 넓은 이마에 가로 주름이 길게 잡혔다.

"새라, 언제 왔어?"

장의 입가에 어색한 웃음이 번졌다.

"방금요. 점심 약속 가기 전에 잠깐 들렀어요."

나는 바닥에 떨어진 물건을 가리켰다. 장은 책상 아래에 떨어져 있는 금니를 주워 서랍 속에 휙, 던졌다.

장이 종이봉투에서 뭔가를 꺼냈다. 샌드위치였다. 요즘엔 바빠서 식사하러 나갈 틈이 없다며 웃었다. 장의 식사가 끝나기를 기다렸다. 이번 일만 끝나면 해외여행이라도 가자는 장에게 알겠다고 했다. 노크 소리가 들리자 장은 책상 위를 급히 정리했다. 나도 가방을 들었다. 함께 얀을 만나자는 말을 하지 못하고 소장실에서 나왔다.

약속 시각에 맞춰서 카페로 들어갔다. 구석 자리에 얀이 앉아 있었다. 내가 다가가자 날카로운 눈빛으로 내 주위를 살폈다. 혼자 왔다고 얀을 안심시켰다. 누군가 대화를 엿들을지도 모른다는 우려 때문일까, 얀이 내 앞으로 의자를 당겨 앉았다.

"교육생에게 어떻게 그럴 수가……"

얀의 목소리가 작아서 귀를 기울이지 않으면 잘 들리지 않을 정도였다.

"얀, 무슨 말이죠?"

"그동안 붙잡혀 있었어요. 취업이 아니었다고요."

핏발 선 얀의 눈이 더 붉어졌다.

"자세하게 말해줘요."

얀이 낡은 수첩을 꺼내 테이블 위에 조심스럽게 올렸다. 손등에 상처 자국이 많았다. 나는 누런 종이에 흩어져 있는 크고 작은 알파벳을 읽어 내려갔다. 글자가 군데군데 지워져 있어도 얀이 어떻게 지냈는지 알 것 같았다.

업주의 감시로 작업장 근처를 벗어나기 힘들었다. 창문이 없는 창고 같은 곳에서 아침부터 늦은 밤까지 일에 시달렸다. 무거운 철 두루마리를 쉬지 않고 옮겨 등이 상처투성이다. 아파서 일을 제대로 못하면 욕설을 퍼붓거나 발로 찼다. 철판을 절단하다 다쳐도 응급조치를 제대로 받지 못했다. 동료가 손가락이 잘리는 사고를 보고 도망칠 결심을 하게 되었다.

다음 부분에서 읽기를 멈추었다. 장의 소개소에 관한 내용이 이어졌다. 소개소 직원이 업주에게 자기를 팔아넘겼다는 대목에서 낯이 뜨거워졌다.

"얀, 거기가 어디죠?"

"산 입구에 있는 작은 작업장인데 버스도 안 다녀요."

얀은 업주가 키우는 대형견이 작업장 근처를 감시해서 도망치기가 더 어려웠다고 했다. 지금도 업주에게 잡힐까 봐 집이 아닌 다른 곳에 숨어 지내는 중이라고 했다. 무엇보다 자기 때문에 가족이 힘들어질까, 걱정된다는 말을 덧붙였다.

"소개소에서 일터를 소개해준 거로 알아요. 소장에게 확인해볼게요."

소개소에서 알면 자기를 잡아갈 거라고 얀이 손사래를 쳤다.

"얀, 무슨 일이 생기면 꼭 연락해요."

내 말에 알았다고, 대답하면서도 얀은 나를 못 믿는 것 같았다. 사나운 표정이 사라지는 듯했지만 표 나지 않을 정도였고 주위를 경계하는 눈빛은 여전했다. 얀이 도망치듯 자리를 떠나고 나는 한동안 카페에 머물렀다. 장이 관련되어 있을지도 모른다는 생각에 조바심이 났지만 무슨 일이냐고 무작정 물을 수도 없는 일이었다.

업무를 마치고 집으로 향했다. 엘리베이터를 기다리다 말고 계단을 걸어서 오층까지 올라갔다. 걷는 내내 분노로 일그러진 얀의 얼굴이 발자국처럼 나를 따라왔다. 복도 끝에 있는 집 앞에 멈춰 섰다. 옆집, 장의 문밖으로 텔레비전 소리가 들리고 창문으로 실내 등이 설핏 비쳤다. 작년 봄, 다문화가정 행사 때 장이 왔다. '가족 달리기' 경주할 때 함께할 사람이 없어 장을 불렀다. 2인 3각 달리기였다. 사람들의 함성이 행사장 담을 넘어 거리를 꽉 채워갔다. 북소리가 연이어 울리고 탕, 총소리가 출발을 알렸다. 펄럭이는 만국기 아래로 장과 호흡을 맞춰 달렸다. 누군가와 가족이 된다면 그 사람이 장처럼 따뜻한 사람이길 바랐던 순간이 스쳐 지나갔다.

집에 들어서자마자 얀이 준 수첩을 꺼내서 반복해서 읽었다. 삐뚤삐뚤 써 내려간 글자를 읽을 때마다 얀이 종이 속에서 비틀거리며 걸어 나오는 것 같았다. 눈을 감으면 얀 뒤에 장이, 장 뒤에 엄마가 걸어왔다. 마시다 만 와인을 꺼냈다. 목젖을 타고 내려가는 와인의 깊고 부드러운 맛에 날카로운 신경이 조금씩 누그러졌다.

햇살이 잘게 내려앉은 수면 위로 멀리 수상 가옥이 보인다. 강가 풀숲에서 들리는 아이들의 웃음소리. 나뭇잎이 서로 몸을 비비는 청량한 소리, 그 사이를 오가는 새들의 날갯짓. 풀잎 사이로 미끄러지는 햇살을 따라갔다. 빛이 반사되는 각도에 따라 엄마가 언뜻 보였다. 그것도 잠시. 친구들이 내 긴 머리카락을 당기고 흔들며 영어로 떠들어댔다. 넌 다르다고. 꺼지라고. 죽어버려, 라는 소리가 귓전을 때렸다. 눈을 뜨자 풍경들이 잘려 나갔다.

구름이 낮게 깔린 오후 네시, 비가 내리고 있었다. 센터 문이 비스듬히 열리고 장이 들어왔다. 머리카락이 젖어 있어 수건을 건넸다. 장의 눈가가 그늘져 있었다. 나는 책을 보다 말고 의자에서 등을 떼고 앉았다.

"지금 근무 시간 아닌가요?"

"일찍 나왔어. 박 부장 찾으러 안산 가는 길이야."

장이 얼굴의 물기를 닦으며 말했다. 역으로 가던 중에 시간이 남아 잠시 들른 모양이다.

"새라, 혹시 박 부장 이야기 들었어?"

나는 고개를 가로저었다.

"박 부장이 사무실 공금을 가져갔는데 여태 안 와."

장의 입술 사이로 한숨이 새어 나왔다.

"박 부장이 자주 간다고 했던 도박장을 찔러봤거든. 박 부장과 함께 도박했다는 여자가 이야기를 먼저 꺼내더라고. 만나면 가만두지 않겠대. 박 부장이 빌린 돈을 갚지 않았나 봐."

"거기 가면 박 부장 소식을 알 수 있겠네요."

"쉽지 않아. 번개 모임이고 단속 때문에 옮겨 다니면서 판을 벌이거든."

박 부장 이야기가 길어졌지만 묵묵히 들어주었다. 장의 말이 끝나기를 기다리는 내내 얀의 일이 머릿속에 맴돌았다. 얀에 대해 당장 물어볼까, 묻는다면 어떻게 말할까, 박 부장 일로 피곤할 텐데 다음에 이야기하는 게 낫겠지.

장이 내 안색을 살폈다.

"새라, 무슨 일 있어?"

소개소를 의심하는 얀의 말이 마음에 걸렸지만 장에게 물을 수밖에 없었다.

"졸업한 교육생이 찾아왔는데 위험해 보였어요."

"누구지?"

"취업이 아니라 사실상 갇혀 있었대요. 자기가 소개해준 부품 공장에 다니다 어디론가 옮겨졌대."

얀의 이름은 알려주지 않았다.

"안 좋은 이야기가 들리더니……"

장이 대뜸 경찰서에 신고는 했냐고 물었다.

"아뇨. 경찰을 안 믿는 것 같아요."

"그런 작업장이 한두 개가 아니야."

장은 그런 일에 대해 잘 아는 사람처럼 말했다.

"대부분 불법체류자라 신원이 정확하지 않잖아. 신고해도 수사가 힘들걸."

장은 비슷한 사례가 종종 있다는 말끝에 신고해도 경찰이 대수롭지 않게 여길 거라는 말을 넌지시 덧붙였다.

"계약서를 썼다면 표면적으로는 불법이 아닐 수 있어."

장은 어떤 일인지, 좀 더 시간을 두고 살펴보자고 했다. 나는 그래야 할지도 모른다고 생각하면서도 일순 막막해졌다.

교육생들은 영세 업체의 알바도 마다하지 않았다. 그들 중 몇몇은 업소에서 임금을 제대로 못 받아도 말 한마디 못했다. 필리핀에서 온 엄마도 다르지 않았다. 한국인 아빠와 헤어진 엄마는 낮에는 학원 강사를 하고 밤에는 식당 알바를 했다. 엄마는 일터를 잃을지도 모른다는 두려움 때문에 부당한 일에도 입을 다물었다. 결국 엄마는 이 년 동안 일한 식당을 퇴직금도 받지 못한 채 그만두었다. 뒤늦게 한국인 친구의 도움으로 퇴직금의 일부를 받았지만 비슷한 일이 되풀이되었다.

"새라, 다녀올게."

장은 열차 시간을 확인한 뒤 곧바로 센터 문을 나섰다.

사흘이 지나도록 장에게서 연락이 없었다. 안산에서의 일이 길어지는 것 같았다. 박 부장은 만났을까. 마트에서 장과 닮은 사람을 보았다. 가족을 데리고 무거운 카트를 끌고 가는 남자였다. 장도 카트를 자주 밀어주었는데 고맙다는 말을 제대로 하지 못했다. 반복된 호의가 당연한 것이 되어 도와주지 않으면 오히려 서운했다.

센터 문이 열리고 여자가 들어왔다. 얀의 아내라고, 자기를 소개했다. 여자에게 의자를 내주었다. 여자는 남편이 센터 교육생이고 수료 후 센터에서 취업까지 시켜준 거로 안다고 했다.

"남편이 쫓기는 것 같아서 불안했는데 연락이 끊겼어요. 혹시 소식을 아는지 해서 찾아왔어요. 새라 샘을 만났다는 남편의 말도 있었고요."

의자에 앉은 여자는 쉬지 않고 말을 쏟아냈다. 여자에게 차를 건네고 연락이 오면 바로 알려주겠다고 다독였다.

다음 날, 여자의 다급한 전화를 받고 얀의 집으로 갔다. 문앞에서 만난 여자의 처진 눈꺼풀이 부어 있었다. 현관 너머로 낯선 남자 두 명이 보이고 집 안은 엉망이었다. 열한 평 정도의 집은 해일이 지나간 듯 살림살이가 뒤엉켜 있었다. 엎어진 책상 뒤로 의자가 내동댕이쳐졌고 낡은 냄비들이 바닥에 뒹굴었다. 어린이집 원복을 입은 여자아이가 울음을 터뜨렸다. 여자가 아이를 끌어안았다.

여자의 모습에서 엄마가 떠올랐다. 엄마는 한국 생활이 쉽지 않다고 했다. 아빠와 엄마는 문화적 차이를 이유로 자주 다투었다. 아빠는 엄마에게 무심했고 엄마는 점점 무기력해져갔다. 내가 열두 살 때, 엄마는 미안하다는 말을 남기고 필리핀 외가로 가버렸다. 내가 고등학교를 졸업하고 필리핀으로 갔을 때는 엄마가 병으로 세상을 떠난 뒤였다. 엄마를 생각하면서 사회복지학을 공부하고 다문화가정을 돕는 일을 해왔지만 그들을 위해 할 수 있는 일이 그리 많지 않았다.

"얀이 어디에 숨었는지 정말 몰라?"

"몰라요. 저도 찾고 있어요."

여자는 남자들에게 연신 머리를 조아렸다. 나는 우는 아이를 달래면서 여자를 부축했다.

"당신들 누구죠? 얀을 왜 찾죠?"

"남의 일에 왜 참견이야?"

곱슬머리 남자가 멱살이라도 잡을 듯이 내게 다가섰다.

옆에 있던 키 작은 남자가 나를 빤히 쳐다보더니 곱슬머리 남자에게 귓속말을 했다. 아이의 울음소리가 점점 커졌다. 다행히 남자들은 더 이상 행패를 부리지 않고 집을 나갔다. 여자가 다가와서 내 손을 잡고 속삭였다. 얀이 돌아왔고 집 근처에 숨어 있다고.

집으로 가는 길에 장에게 전화해도 통화가 되지 않았다. 돌아오면 얀의 일에 대해 의논할 참이다. 집에 도착했을 때 옆집이 눈에 들어왔다. 문 앞에 수북이 쌓인 신문이 연일 내린 비 때문에 축축했다. 복도 창문으로 비가 들이친 것 같아 복도 창문을 모두 닫았다.

얀을 위해 내가 당장 할 수 있는 일이 없었다. 상부 기관에 문의하고 며칠째 답변을 기다리는 중이다. 피로가 몰려와 침대에 누웠을 때 핸드폰 벨이 울렸다. 얀의 아내다. 나를 부르는 여자의 목소리가 불안해 보인다. 무슨 일이냐고 묻기 전에 여자가 먼저 말했다.

"창고 안에 숨어 있던 얀을 잡아갔어요. 조금 전에."

"얀을……요?"

침대에서 급히 일어났다.

여자의 흐느끼는 소리가 들려왔다. 핸드폰을 꽉 움켜쥐고 귀를 기울였다.

"얀이 끌려가면서 한 사람을 가리켰어요. 소개소에서 본 남자라고. 그 사람이 저를 협박했어요. 소리 지르면 남편을 죽여버리겠다고."

소개소라는 말에 현기증이 났다. 얀이 말한 사람이 장은 아니겠지. 박 부장이라면 장이 모를 리가 없지 않은가. 여자를 위로할 어떠한 말도 떠오르지 않았다. 빌라 복도를 걸어가는 사람들의 목소리, 윗집에서 물 흐르는 소리, 청소기 돌리는 소리가 차례대로 들렸다. 익숙한 소리가 낯설게 다가왔다. 많은 시간을 공유하고 밤을 함께 보낸다고 해서 그 사람을 안다고 할 수 없지만 장에 대해 아무것도 알지 못하는 건 아닌가, 하는 당혹감에 사로잡혔다. 몰랐던 사실을 알게 되면서부터 생긴 균열은 순식간에 장과의 관계를 멀어지게 했다.

안을 통해 업주의 전화번호를 알아냈지만 작업장의 정확한 위치는 몰랐다. 나는 폰의 녹음 기능을 켜고 업주에게 전화를 걸었다. 사람들이 북적이는 소리와 남자들의 거친 욕설이 전화기 너머에서 들려왔다. 누군가 소리를 내질렀다.

"아프다고? 엄살이야. 작업장으로 보내!"

잠시 뒤 업주가 내게 말을 건넸지만 잘 들리지 않았다. 어수선한 가운데 용건이 뭐냐고 묻는 것 같아서 일자리를 구할 수 있냐고 물었다. 업주는 항시 모집 중이라고 답했다. 걸걸한 음성이 박의 목소리처럼 거칠었다.

"거기, 일터가 어딘가요?"

"여기? 경기도 쪽인데 전화 준 곳은 어디요?"

장의 소개소 위치를 말해주자 업주가 잠시 머뭇거렸다.

"멀어도 괜찮아요. 말씀해주시면 찾아갈 수 있어요."

업주는 작업장의 주소를 알려주기는커녕 그냥 전화를 끊어버렸다. 오후에 다시 전화를 걸었지만 받지 않았다.

10월 마지막 주 강의를 위해 집을 나섰다. 강사 지원이 안되는 경우 직접 한국어 강의도 해야 했다. 센터에 도착해서 일과를 체크하고 강의 노트를 챙겼다. 강의 이외에 특별한 일은 아직 없다.

강의실 문을 열 때 장에게서 전화가 왔다. 일주일만이다.

"방금 왔어. 잘 지냈지?"

장은 시간이 되면 점심 식사를 함께하자고 했다. 나는 선약이 있다는 말로 약속을 미뤘다. 얼굴만 보고 가겠다는 말에 곧 강의를 해야 한다며 전화를 끊었다. 옷매무새를 가다듬고 강의실로 가서 수강생을 둘러보았다. 수강생 대부분이 동남아에서 온 사람이다. 한국에 들어온 지 일 년이 채 되지 않아 다들 한국어가 어렵다고 했다. 서너 명의 수강생이 보이지 않았지만 수업을 시작했다.

창밖에서 누군가 손을 흔들었다. 장이 복도에 서 있었다. 시선이 마주치자 장은 웃음을 머금은 채 내게서 눈을 떼지 않았다. 못 본 척 고개를 돌리고 강의에 집중하려 했지만 몰입할 수 없었다. 장을 보면 얀의 얼굴이 떠올랐다. 장이 교육생에게 피해를 입힌 게 사실이라면 그와 관계된 업무를 정리하고 잘못된 부분은 기관의 도움을 받아 바로잡으면 돼. 마음을 다잡고 강의를 계속해나갔다. 강의를 끝내고 나왔을 때 벽에 기대섰던 장이 보이지 않았다.

며칠 뒤 집 근처 카페에서 장을 기다렸다. 짙은 구름이 내려앉아 비가 곧 쏟아질 것 같았다. 장이 카페 안으로 들어왔다. 여느 때와 같이 웃으며 다가왔지만 낯설었다. 얀의 일이 아니라면 장과 식사를 하고 와인을 마시고 함께 밤을 맞이했을지도 모른다. 불편한 대화가 되겠지만 얀 이야기는 안 할 수 없었다. 커피를 시킨 뒤 마음을 다잡고 얀의 이야기를 꺼냈다.

"교육생, 얀요."

"얀? 음."

장이 물을 마시다 말고 컵을 내려놓았다.

"새라가 보낸 교육생이라면 취업시켜준 일밖에 없는데. 왜?"

"취업인지 팔아넘겼는지 알 수가 없죠."

참았던 말을 내뱉었다.

"나를 의심하는 거야?"

얀을 모른 척할 수 없다는 말에 장은 아무 말도 하지 않았다. 내가 다그치자 장은 박 부장 때문에 어쩔 수 없다는 묘한 말만 흘리고 입을 닫았다. 역시 박 부장이 이 일에 개입된 게 분명했다.

얀의 근로계약서를 보여줄 수 있냐는 질문에 장이 고개를 저었다. 얀이 일하는 곳이 어디인지라도 알려달라고 했지만 장은 아무 말도 하지 않았다. 장이 내 부탁을 거절한 것은 처음이었다. 낯선 사람과 단둘이 마주 보고 앉아 있는 것처럼 분위기가 어색했다. 한동안 창밖만 보다 일어섰다.

집에 와서 파일을 꺼냈다. 소개소를 통해 취업한 교육생들에게 전화를 걸었다. 전화번호가 바뀐 걸까, 대부분 통화가 되지 않았고 몇몇은 대답도 하지 않고 전화를 끊어버렸다. 시간이 지날수록 장이 이 일에 관여되었을지도 모른다는 불길한 예감이 들었다.

어젯밤처럼 잠이 오지 않았다. 자정이 넘은 시간이었지만 장에게 전화했다.

"주차장에서 봐요. 지금요."

"한밤중인데? 농담이지?"

장은 내 말이 장난처럼 느껴졌는지 되물었다.

"기다릴게요."

장보다 먼저 차로 왔다. 운전석에 앉아 가로등을 응시했다. 작년, 그날도 지금처럼 비가 쏟아졌다. 장이 내 생일날, 케이크를 가져왔다. 함께 여행을 가자며 제주도행 항공권을 내밀었다. 제주도의 겨울바람은 찼다. 히터를 켜도 차 안의 냉기가 사라지지 않았다. H호텔에서 맞은 이른 아침, 잠이 깼을 때 푸른 바다 위로 눈이 날렸다. 함께 눈 내리는 아침 바다 풍경을 볼 마음에 장에게 다가가다 멈칫했다. 장의 등에 새겨진 이십 센티미터 정도의 실뱀 같은 상처가 눈에 들어왔다. 대학 시절 공사판에서 막노동을 하다 허리를 다쳤다는 장의 말이 떠올랐다. 장이 숨을 쉴 때마다 상처 자국이 미세하게 움직였다. 이불을 끌어 올려 덮어주었다. 그 상처 때문에 장에게 마음이 더 움직였는지도 모른다.

제주도에서 집으로 돌아오는 날, 비행기 안에서 장이 내 손을 잡았다. 창문 너머로 섬이 점점 작아지고 있었다. 장이 나지막하게 말했다. 지금까지 살아온 일 중 가장 잘한 일이 소개소 소장이 된 거라고 했다. 소개소 일을 하다 나를 알게 되

었다며 한쪽 눈을 지그시 감았다. 장이 쑥스러울 때 하는 몸
짓이었다. 장은 내 옆에 오래도록 있어도 되는지 물었고 나는
대답 대신 장의 어깨에 머리를 기댔다. 장이 나를 만나서 자
기의 인생이 달라질 것 같은 예감이 든다고 말했을 때 나 역
시 마음속으로 장과의 미래를 그려봤다.

　장이 숨을 헐떡이며 차 문을 열었다. 조수석에 앉은 장을
바라보았다. 구겨진 셔츠가 눈에 들어왔다. 왼쪽 소매의 단추
가 떨어져 있었다. 셔츠에서 눈을 돌렸다. 장은 한밤의 드라
이브가 기대된다며 내게 초콜릿을 내밀었다. 내가 초콜릿을
받지 않자 호주머니 속으로 무안해진 손을 쑤셔 넣었다.

　주차장을 빠져나오면서 교육생의 신상이 적힌 파일을 장에
게 건넸다.

　"뭐지?"

　"센터 교육생, 얀요. 작년 초에 자기가 일자리를 소개해준
사람."

　"또 그 이야기야?"

　장은 언짢은 기색이었지만 파일을 유심히 들여다보았다.

　"처음 간 곳이 안산의 부품 공장이었네."

　"도망친 곳은 거기가 아니래요."

　"옮겼겠지. 더 작은 영세 업체라면 작업장이 열악할 거고.
월급 더 준다고 하면 그들 스스로 자리를 옮기는 거. 새라도
알잖아."

장의 태연한 말에 당혹감을 감추기 어려웠다. 장에게 얀과 그의 아내에 대해 말했다.

"작업장에서 겨우 도망쳐 온 얀을 잡아간 사람이 누군지 모른다고요?"

장은 선뜻 대답하지도, 나를 똑바로 바라보지도 못했다.

"얀이 소개소 사람이라고 했대요. 혹시 박 부장이 잡아간 거 아닌가요? 설마 당신이 시킨 거 아니죠?"

장은 아니라며 말끝을 얼버무리다 천천히 입을 열었다.

"그들이 선택한 거야. 빚을 갚든지, 작업장으로 가든지. 그들이 빌려 간 돈을 업주가 대신 갚아주고 데리고 갔을 거야. 아직 일을 더 해야 하는데 도망치면 곤란하잖아. 얀이 신고해도 어쩔 수 없을 거야."

"작은 빚이 그들 모르게, 감당 못할 만큼 부풀면요?"

"새라, 그런 쓸데없는 상상을 왜 해? 우리가 신경 쓸 일이 아니야."

장의 대답에 말문이 막혔다. 교육생의 일자리를 구해주고 그들에게 친절했던 장이라 실망감이 더했다.

핸들을 잡은 손에 힘이 들어갔다. 액셀을 깊게 밟자 장의 길고 가는 눈이 동그래졌다.

"그만해. 나도 겨우 버티고 있단 말이야."

장이 내 팔을 잡았다.

"그런 방식으로 버티는 건 아니죠."

"취업한 교육생들을 업주가 다른 작업장으로 보냈을 거야. 새삼스럽게 왜 그래? 누구나 아는 일을!"

"얀의 말대로 팔려 간 거면 어쩌죠?"

"기다릴 수밖에 없어. 지금은."

장에게 솔직한 내막을 듣고 싶다고 말했다.

장은 목소리 톤을 가다듬고 말을 이었다.

"새라에게 말할 수 없는 일이 좀 있었어. 안산에서 박 부장을 만났어. 불법 스포츠 도박에 손을 댔나 봐. 박 부장 때문에 나도 지금 난처한 상황이야. 박 부장이 그동안 센터 교육생 몇몇을 재취업시켰는데 그 속에 얀이 있는 것 같아."

장에게 얀을 모른 척할 수밖에 없는 사정이 있는 걸까? 장은 지금은 발을 빼지 못하지만 이번 일만 해결되면 박과의 관계를 정리할 거라고 말했다.

"처음엔 나도 몰랐어. 내부 상황은 뒤늦게 알았다고."

"그럼 얀은 어떡하죠?"

"새라, 그들이 이곳에서 한국인과 똑같이 살 수 있다고 생각해?"

장의 말은 엄마가 이십오 년 전 한국을 떠나면서 한 말과 그리 다르지 않았다. 장도 박 부장과 다를 게 없다는 말을 하고 싶었지만 목구멍까지 올라온 말을 삼켰다. 대신 박 부장 어디 있냐고, 그곳으로 같이 가자고 했다.

계기판의 바늘이 140킬로미터를 넘어섰다. 차는 금방이라도 도로 밖으로 튕겨 나갈 것처럼 위태로웠다.

"새라, 멈춰. 당장!"

장이 내 쪽으로 얼굴을 들이밀었다.

"속도 줄여. 이러다 다 죽는다고."

"지금 여기서 탈출하고 싶죠? 얀도 그럴 거야."

목까지 차오른 숨을 한껏 내쉬었다.

"여기서 엎으면 내가 더 힘들어져! 이번 일만 지나면 모든 게 제자리로 돌아갈 거야."

그렇다고 가만히 있을 수는 없지 않느냐는 물음에 장은 어쩔 수 없다며 말끝을 흐렸다. 장의 상황이 어렵다는 건 짐작이 가지만 그렇다고 물러설 수도 없었다. 차선을 바꾸고 액셀을 힘껏 밟았다. 장이 무슨 말을 하는지 더 이상 들리지 않았다. 컴컴한 도로 위로 가로등 불빛이 빠르게 지나갔다. 비 때문에 주위가 흐릿하다. 장이 내비게이션을 보더니 운전석 쪽으로 몸을 바짝 붙여 핸들을 잡으려 했다.

"잠시 착각했어. 내가 변할 수 있다고. 나란 놈은 원래 그런 놈이야. 차 세워."

목이 잠겨 말이 나오지 않았다. 당신 말대로 사람은 잘 변하지 않아. 그래서 같이 가자는 거야. 핸들을 돌려 차선을 변경했다. 속도를 줄이고 갓길에 차를 멈추었다. 지금이라도 얀의 손을 잡아주자고 했다. 장은 차창 쪽으로 고개를 돌렸다.

비상등을 켜고 십여 분을 기다려도 대답이 없었다. 서운함이 화가 되고 홧김에 나쁜 말이 입 밖으로 튀어나올 것 같아 입술을 깨물었다.

가로등이 컴컴한 도로를 희미하게 비추었다. 멀리 터널 입구가 보였다. 유턴하려고 시동을 걸 때 장이 나를 불렀다. 돌아보니 장의 눈가가 얼룩져 있었다. 브레이크를 밟고 다음 말을 기다리는 사이에 차 문이 열렸다. 장이 곧장 차 밖으로 내달렸다. 와이퍼가 쉴 새 없이 빗물을 지웠다. 사이드미러로 멀어지는 장의 뒷모습이 보였다. 장이 차도와 갓길의 경계선을 위태롭게 오갔다. 빗줄기는 더 거세어졌다. 도로 옆 가로수가 비바람에 이리저리 흔들리고 시야가 뿌예졌다. 장은 보이지 않고 가로등 불빛만 도로 위로 일렁거렸다.

야행

어둠 속을 가르는 희미한 빛줄기를 따라 걸었다. 여기가 어딜까, 생각하다 저녁 시간을 돌이켜보았다. 동료들과 저녁 회식 자리가 있었다. 모임이 끝나고 택시를 탄 뒤 기사에게 집 주소를 알려주었다. 도착했다는 말에 스스럼없이 지갑을 열었다. 평소보다 택시비가 많이 나왔는데 대수롭지 않게 여겼다. 동네를 확인하지 않고 차에서 내리다니. 입술을 훔친 손등에서 소주 냄새가 묻어났다.

풀이 무성한 좁은 길을 지나자 가로등이 보였다. 가로등을 에워싼 하루살이 떼를 피해 작은 표지판 앞에서 걸음을 멈추었다. 버스 정류장으로 보이는 작은 부스다. 핸드폰 플래시를 비추었다. 대안동이란 글자가 드러났다.

숲에서 들려오는 새 울음소리에 몸이 움츠러든다. 여름방학 때 외가에서 키우던 병아리에 대한 기억 때문일까? 닭장의 병아리가 사라지고 마당에 핏자국만 남은 날, 밤 부엉이가 잡아갔다는 할머니의 말에 목소리를 높였다. 내 병아리가 왜 닭장 밖으로 나왔냐고? 머리카락을 뒤적이며 새치를 살피던 할머니가 거울을 내려놓으며 말했다. 그건 병아리에게 물어봐야지. 할머니의 말을 되새기는 사이, 새 울음소리가 더 크게 들렸다.

늦은 밤인데다 외진 곳이라 콜택시를 부르기도 망설여졌다. 핸드폰을 검색하던 중 박 선배에게 전화가 왔다. 다니던 직장을 그만둔 뒤 택시 기사를 한다는 말이 스쳤다. 선배의 어디냐는 질문에 대안동 버스정류장이라고 답했다. 선배에게 무슨 일이냐고 물었다.

"문상 가는 길인데 같이 가."

"누구?"

"용하, 몰랐구나."

선배는 내가 있는 곳으로 오겠다고 말했다. 나는 용하라는 말에 입을 닫아버렸다. 선배의 말을 못 들은 척 외면한다고 해서 용하의 죽음을 되돌릴 수는 없겠지만, 당혹스러웠다.

"정임아, 듣고 있는 거니?"

선배에게 통화 연결 상태가 좋지 않은 것 같다고 핑계를 댔다. 동기인 용하의 안부가 궁금해도 연락하지 않았다. 이 년 전, 용하가 사랑하는 여자가 있다는 이야기를 꺼냈을 때 축하해줘야 한다는 생각이 들면서도 그러지 못했다. 그때 그 마음을 자세히 들여다보지 않고 지나가서 알 수 없지만 상실감이 컸는지도 모른다.

나는 용하의 단점을 애써 생각하면서 내 감정을 서둘러 정리했다. 용하는 조심성이 많은데다 말수가 적어 대화를 나눌 때 다소 답답한 감이 있어. 옆에 있어도 무슨 생각을 하는지 마음을 읽기가 쉽지 않아. 미래에 대해 특별한 꿈도 없잖아. 패기도 없어. 그렇게 용하와는 자연스럽게 연락이 끊겼다.

"조문객이 별로 없을 거야. 우리는 가야지."

선배는 내 대답을 듣지 않고 버스 정류장에서 기다리라고 말하고 전화를 끊어버렸다.

우리 셋은 대학을 가기 전까지 한동네에서 자랐다. 어른들도 서로 잘 아는 사이였다. 모두가 혼자 아이를 양육하다 도시 외곽에 정착한 분들이다. 용하에겐 아빠만, 선배와 내겐 엄마밖에 없었다. 동아리 모임에서 만난 어른들은 우리를 데리고 가까운 곳으로 함께 여행을 가곤 했다. 선배가 용하와 나보다 한 살 많아도 친구처럼 지내며 한 세트처럼 붙어 다녔다.

스무 살이 지나 서로 다른 대학에 다녔지만 지하철로 삼십 분 거리여서 식사할 정도의 시간을 내는 건 어렵지 않았다. 용하는 식당을 선택하거나, 메뉴를 고를 때 자기의 의견을 말하기보다 내 마음대로 하라고 할 때가 많았다. 결정 장애가 있는 거 아니냐고 놀려도 내가 좋으면 자기도 좋다고 웃기만 했다. 편의점 알바가 늦게 끝나는 날에는 어김없이 용하가 집까지 데려다주었다. 내가 일 때문에 기분이 언짢아서 뾰족하게 말해도 웃어넘겼다.

용하를 만나러 가끔 찜질방에 갔다. 용하가 그곳에서 심야 카운터를 보고 있었다. 찜질방에서 놀다가 배가 고프면 달걀을 먹었다. 둘이 먹다 보면 달걀값이 닭값이 되었다.

달걀을 먹는데 용하의 아버지로부터 전화가 왔다. 실내라 두 사람의 대화를 들을 수 있었다.

—치료비가 삼십만 원이나 나왔어. 미안하다.

잠시 뒤 여동생 하영이도 용하를 찾았다.

—오빠, 아버지 병원비가 사십만 원이래.

핸드폰 밖으로 하영의 목소리가 흘러나왔다. 하영은 용하에게 계좌번호를 일러주며 돈을 부치라 했다.

—미안해. 지금 나한테 삼십만 원밖에 없어.

동생이 병원비를 부풀려 받아내는 걸 알면서도 용하는 모른 척했다. 말없이 아르바이트를 늘렸다. 용하는 집안의 가장이나 마찬가지였다. 아버지의 병원비뿐만 아니라 생활비도 상당 부분 책임지는 것 같았다. 그날 용하의 표정이 무거워 보였다. 내가 부모를 고를 수는 없잖아. 자기가 가족을 선택한 건 아니지만 엄마처럼 가족을 버리는 일은 없을 거라고 다짐하듯 말했다.

취업 준비를 하던 그 무렵의 나는 나 자신의 미래도 알 수 없어 두려웠다. 용하는 자기가 먼저 가족을 떠날 수도 있다는 걸 생각 못했을 테고 나 역시 용하가 이렇게 빨리 떠날 줄 몰랐다. 용하와 우연히 마주친다면 서로의 건재함을 축하할 수 있기를 기대했다.

사람이 오가지 않는 컴컴한 도로를 물끄러미 쳐다봤다. 들개 한 마리가 다가와 정류장 주위를 배회했다. 재빨리 허리를 숙이고 돌멩이를 손에 쥐었다. 놈의 거친 숨소리가 가깝게 들려오고 네 다리의 움직임이 또렷하게 보였다.

핸드폰 플래시로 주위를 비추었다. 환한 불빛에 놈은 고개를 돌리고 더는 다가오지 않았다. 기싸움에서 진 걸까, 도로를 건너 숲 쪽으로 가고 있었다. 놈의 뒷모습이 사라질 때야 스륵, 손아귀에 힘이 풀렸다.

정류장 의자에 등을 기댔다. 고개를 뒤로 젖혔을 때 강한 헤드라이트가 의자를 비추었다. 두 주먹을 쥐락펴락했다. 승용차가 내 앞에 섰다. 돌멩이를 움켜쥔 손에 힘이 들어갔다. 차 문이 열리고 정장 차림의 남자가 내렸다. 정임아, 선배의 목소리다. 참았던 눈물이 쏟아질 것 같아서 선배에게서 시선을 돌렸다. 잠시 숨을 고르고 선배를 따라 차에 올라탔다.

"한데 여긴 왜?"

"그러게요. 참."

선배는 내비게이션에 장례식장 주소를 입력하며 한 시간이면 도착할 거라 말했다. 긴장이 풀리면서 취기 때문인지 피로가 몰려왔다. 선배는 면허를 따고 처음 차에 태웠던 사람이 나라고 말했다.

"널 태우니 편안하네. 운전석에 앉아 있으면 등골을 서늘하게 만드는 손님도 있어. 뒤에서 칼을 들이대고 있는 것 같거든."

선배는 대리운전 일이 맞지 않다고 했다.

매번 다른 일을 찾고 있는 선배의 상황이 답답해져 차창을 활짝 열었다. 어두운 바다가 한눈에 들어왔다. 등대를 알리는 붉은 점 하나가 떠다녔다. 등대 불빛이 바다를 어슴푸레 비추었다. 빛의 진로에 따라 바다 위를 떠다니는 부유물이 어른거렸다. 미역 냄새를 실은 습한 기운이 콧등을 지나가고 짭짤한 소금기가 얼굴에 달라붙는다.

"용하 말이야. 이제 겨우 서른두 살인데, 뭐가 그리 급했을까."

선배의 말처럼 나 역시 용하의 죽음이 믿기지 않았다. 창밖을 보니 기억 속의 장면들이 되살아났다. 파도의 철썩임 위로 먹이를 낚아채는 갈매기의 부리, 들판을 지나가는 들쥐의 까만 눈알, 먹이를 찾는 길고양이의 잘린 꼬리, 대나무 숲에서 들려오던 새소리. 그리고 용하의 목소리도 들린다.

—정임아, 대숲에 무슨 일이라도 있는 거 아냐? 왜 저리 소란스럽지, 무섭게 말이야.

　—무섭긴. 그래 봐야 새잖아.

　내 말에 용하가 중얼거렸다.

　—그래. 단지 새일 뿐이야.

　대숲의 새소리를 두고 이야기를 나눈 얼마 뒤 나는 영어학원을 그만두었다. 용하에게 말하지 않았지만 늦은 밤, 학원을 오갈 때마다 걷던 숲길에서 들려오는 새소리, 무엇보다 부엉이의 울음소리를 이기지 못했다. 밤에 다니면 잡아가, 할머니의 말이 환청처럼 들려오곤 했다.

　차선을 넘나드는 차가 걱정되어 선배를 불렀다.

　"선배?"

　선배의 눈꺼풀이 작은 눈을 덮고 있었다.

　"이 길로 가야 해? 가로등도 없는 옛길이잖아."

　선배는 급히 눈을 뜨고 나를 흘깃 쳐다봤다.

　"길을 잘못 들어섰네. 새 도로가 났는데."

　나는 모기를 쫓는 척 두 팔을 허공으로 휘둘렀다.

　선배가 속도를 높이며 달리기 시작했다.

　"궁금한 게 있어요."

　"뭐지?"

　"선배가 회사를 그만둔 거요. 숨만 쉴 수 있으면 다닌다더니. 왜?"

"왜긴, 질식하기 전에 나온 거지."

다음 말을 기다렸지만 조용했다.

벌써 자정이 지났다. 핸드폰의 메일함을 확인하니 원고가 여태 도착하지 않았다.

"연락 기다리는 사람이라도 있어?"

"메일 기다려요."

선배가 미간 주름을 검지로 펴며 무슨 일이냐고 물었다.

"청탁한 작가에게서 원고를 받지 못했어요."

"잡지 일도 쉽지 않나 봐. 그래도 직장이 있을 때가 좋은 거야."

"원치 않는 일이 대부분이라는 게 문제지. 남의 자서전까지 써야 하거든요."

"다 좋을 수 있나. 그게 뭐든."

선배의 어머니는 선배가 지역에서 꽤 유명한 중견기업에 100대 1로 입사했다고 우리를 불러 밥을 샀다. 기대와 달리 선배는 반년도 되지 않아 이직을 고민했다. 술을 좋아하지 않는데 술 접대할 일이 많았고 잦은 야근으로 늘 피곤해했다. 그러다 회사가 구조조정에 들어갔을 때 2년 치 연봉을 안고 스스로 회사를 나오고 말았다. 하지만 불황으로 이직이 힘든 것 같았다.

"회사 그만둔 거 후회해요?"

"아니. 시기가 좀 일렀지만."

선배는 숨을 길게 내쉬었다. 선배는 일이 바빠서 용하를 자주 만나지 못한 걸 후회했다.

한참 뒤, 선배가 엉뚱한 이야기를 꺼냈다.

"넌 알고 있니? 용하가 좋아하는 사람이 있었다던데?"

"글쎄요."

"용하가 그러더라. 오래도록 마음에 둔 여자가 있다고. 어쩌면 거짓말을 해서 자기의 마음을 숨겼을지도 몰라. 용하가 사랑이란 누군가를 책임져야 하는 건데 자기는 가족을 챙겨야 한다고 했거든."

가끔 생각했다. 이 년 전, 용하가 찾아와서 연애 상담을 했을 때 누구냐고 묻지 않은 이유를. 그건 아마도 내가 용하의 행복을 방해하는 친구가 되지 않길 바란 마음 때문일지도 모른다.

선배는 용하가 떠난 지금 무의미한 말이라며 뒷말을 잇지 않았다.

"용하가 왜 이렇게 빨리 떠났는지 모르겠네요."

"첫 출근 날, 용하가 연락도 없이 회사에 나타나지 않았대. 회사에서 용하 아버님께 전화했나 봐. 매일 안부 전화를 하는 아들이 연락이 없어 아저씨도 걱정하던 참이었대. 아저씨가 용하의 자취방에 도착했을 때는 이미 그렇게 된 뒤였고."

선배도 잘 모르는 것 같았다.

잡지사에 취업한 해, 용하를 원룸으로 불렀다. 그날은 용하의 생일이었다. 막노동을 하느라 흰 얼굴이 까맣게 그을렸고 머리카락에 앉은 먼지가 도드라져 보였다.

기상청에서는 연일 미세먼지 농도가 짙다고 외출을 자제하라고 했지만 공사판에서 일하는 용하에게는 무관한 일이었을 것이다. 공수를 채우기 위해 몸이 회복될 시간도 없이 매일 출근하는 것 같았다.

─잠깐 나갔다 올게. 욕실 써도 돼.

용하가 좋아하는 티라미수 케이크를 들고 현관문을 열었을 때 욕실에서 콧노래가 새어 나왔다. 식탁 위에 케이크를 올려놓고 의자에 앉았다. 한 귀퉁이가 말려진 수첩이 보였다. 용하가 꺼내놓은 것 같았다. 무심결에 수첩을 펼쳤다. 반듯반듯한 글자가 한눈에 들어왔다. 시가 적혀 있었다.

고교 때부터 시를 쓴 용하는 타과 학생들이 경영학과를 복수전공 할 때 경영학과에서 문예창작과로 학과를 옮겼다. 오래된 꿈이라는 건 알았어도 계속 쓰고 있는지 몰랐고 응원해주지도 못했다.

욕실에서 용하가 나왔다.

─생일 축하해.

─잊었는데. 너밖에 없다.

대화 끝에 용하가 생일 선물 이야기를 꺼냈다.

─정임아, 우리 집에서 잃어버린 네 머리핀 말이야. 새 모양 머리핀, 그거 생일 선물이잖아.

　─그걸 다 기억하니? 찾아도 버릴 거야.

　─엄마가 준 거라며?

　─여하튼.

　용하가 더 묻지 않았지만 묻더라도 머리핀에 관한 이야기는 하지 않았을 거다. 엄마가 생일 선물로 준 머리핀은 아빠가 엄마에게 준 선물이기도 했다.

　엄마는 이십 대 중반, 선교사 부부인 이모를 따라 프랑스로 갔다. 엄마가 아빠를 처음 만난 곳은 프랑스 요리 아카데미였다. 이 년 넘게 사귀다가 헤어졌는데 나 때문이었다. 아빠는 엄마가 임신한 것을 알고 엄마를 떠났다. 그 뒤, 엄마는 한국으로 돌아와 나를 외가에 맡기고 항공사 지상직으로 계속 근무했다.

　외할머니는 아빠가 교통사고로 세상을 떠났다고 했다. 엄마의 술주정 덕분에 할머니의 말이 거짓인 걸 알면서도 나는 침묵했다. 대학 졸업식 날, 단둘이 점심을 먹는 자리에서 처음으로 엄마에게 물었다. 나를 왜 낳았냐고? 엄마는 외로워서, 라는 말 뒤에 내가 있어 외롭지 않았다고, 행복하다는 말까지 덧붙였다. 정말일까? 나는 행복하지 않았는데. 엄마의 손길이 필요한 대부분의 순간에 나는 혼자였다. 오래도록 머리핀을 간직하다 내게 준 엄마의 마음을 모르는 건 아니지만 떠올리기 싫은 물건이었다.

　그해 봄, 잡지사 근처 포장마차에서 용하를 만났다. 건설사 사정으로 공사가 지연되는 바람에 임금도 제대로 받지 못했다고 했다. 사십층 주상복합 건물 공사가 십층에서 중단되었다고. 용하는 동료들과 함께 건설사 사무실 앞에 텐트를 치고 농성을 벌이는 중이라고 했다.

　건설사로 찾아가 돈을 내놓으라고 난동을 부리던 조합원들이 태도를 바꾸었다. 조합장이 돈을 떼먹고 도망가는 바람에 일어난 일이라고 뒤늦게 밝혀졌기 때문이다. 조합원들은 투자한 돈 일부라도 돌려달라고 했고 현장 노동자들은 임금을 나눠 받는 것으로 의견을 모아갔다.

　그때 용하는 조합원과 건설사가 감수해야 하는 일에 비하면 자기의 임금 정도는 아무것도 아니라고 했다. 그러면서도 농성 현장에서 빠져나오지 않았다. 동료들 때문인 것 같았다. 용하는 최소한의 생존권을 위해 싸우는 동료들을 보면서 그들과 함께할 거라 했다.

　늦은 밤이라 용하가 원룸 앞까지 데려다주었다. 헤어질 때 용하가 농담했다.

　—정임아. 우리 사귈까?

　—시시해. 무슨 일 있어?

　—그럼 좀 유쾌해지려나.

벚꽃이 흐드러진 밤길을 걸어가는 용하의 뒷모습을 보다 울컥했다. 우리의 일상도 저 꽃잎처럼 가벼워질 수 있을까? 오랫동안 생각하다 돌아섰다.

차창을 바라보는 선배의 어깨가 처졌다.

"선배, 운전 내가 할까?"

선배는 고개를 저었다. 그러더니 갑자기 한 손을 뻗어 전면 차창을 내리쳤다. 뭐냐고 묻기도 전에 모기가 찍힌 손바닥을 들이밀었다. 휴지를 꺼내주었다. 선배는 핏자국이 묻은 휴지를 차창 밖으로 휙 던져버렸다.

"공중도덕 안 지키는 건 여전하네요."

비포장도로를 달릴 때 차체가 조금 흔들리는 것 같았다. 자세를 고쳐 앉았다.

"선배, 차에 문제라도 있나요?"

"그렇지?"

선배는 브레이크를 밟고 갓길에 주차했다. 차를 이곳저곳 살펴보고 온 선배가 투덜거렸다. 돌부리에 걸렸을 때부터 감이 좋지 않았다며 보험회사에 사고 접수를 했다. 선배가 통화하는 동안 나는 핸드폰을 꺼내 문자메시지와 메일을 확인했다. 다행히 기다리던 원고가 도착해 있었다.

제목 아래에 있는 사진을 들여다봤다. 사진 아래 캡션을 보니 제주도 농장에서 오렌지를 따는 예멘인이었다. 자기를 난민이라고 말하는 사진 속 남자의 표정이 밝았다. 뭐든 내가 선택해서 태어날 수는 없잖아요. 여기서 일할 수 있는 것만으로도 감사한 일이죠, 라는 말에 눈길이 가닿았다.

선배가 내 안색을 살폈다.

"정임아, 아무래도 타이어에 이상이 생긴 것 같아."

"별일 없이 가기도 쉽지 않네요."

"그러게."

"선배, 보험사 차량은 불렀죠?"

"응. 좀 쉬어."

"괜찮아요. 선배는 용하 자주 만났어요?"

"아니, 다들 바쁘잖아. 최근에 한번 봤어. 아르바이트를 두 탕이나 뛰면서 시간을 쪼개 봉사까지 하더라.

"봉사요?"

"응, 노인들을 위한 야학 일을 맡았대."

용하가 앞에 있는 것처럼 눈에 선하다. 선배에게 말하지 않았지만 용하가 게스트하우스나 찜질방, 친구 집을 떠돌다 나를 찾아올 때도 있었다. 자기 가족보다 내가 편하다는 농담에 일인용 소파를 내어주곤 했다. 첫 월급으로 산 소파라 내가 아끼는 물건이라고 우스운 소리도 하면서 말이다.

"너도 바빴지? 얼굴 보기 힘든 거 보면."

"미안해요. 하루하루가 팍팍하고 내일은 알 수 없고, 주위를 살필 겨를이 없었어요. 다들 잘 버티는 줄 알았는데……"

선배가 용하와 있었던 일을 떠올렸는데 나도 아는 일이었다.

고1 기말고사를 끝내고 귀가할 때 용하와 선배가 집 앞 좁은 골목길을 걸어 내려왔다. 흙 묻은 옷에 얼굴은 피투성이었다. 무슨 일이냐고 물으니 둘이 마주 보고 웃었다.

선배가 카메라를 가지고 다녔는데 그때만 해도 동네 아이들이 가지기 쉽지 않은 물건이었다. 선배가 알바를 해서 산 카메라였다. 동네 또래들이 선배에게 시비를 걸었다. 너, 그거 훔친 거지? 라는 말에 선배가 주먹을 휘둘렀다. 그러나 수에서 상대가 되지 않았다. 선배가 발길질을 당하자 옆에 있던 용하가 달려들었다. 싸움도 못하면서 말이다. 덕분에 더 많이 맞았다며 선배는 웃으며 그때를 기억했다.

선배의 이야기를 들으며 생각했다. 선배와 용하와 내가 함께 걷던 길, 우리가 나눈 음식, 웃고 떠들던 공간의 온기, 주고받은 말들은 흐르는 시간 속에서 변형되기도 하겠지만 남아 있는 이의 기억 속에서 끊임없이 재생되리라고.

"용하 만났을 때 무슨 일 있었나요?"

"별일 없었어. 얼마 전 후배가 개업식을 했는데 그날 용하를 본 거야."

선배가 내 쪽으로 몸을 기울였다.

"허구한 날 사고만 치고 다니는 후배 하나가 패밀리 레스토랑을 개업했거든. 부모를 잘 만난 덕이라며 부러워하는 애들도 있었지."

선배가 말을 이었다.

"개업식은 쇼핑단지 이층, 식당에서 했어. 실내가 떠들썩했지. 후배 한 명이 사채업을 한다며 동기들에게 명함을 돌렸고. 잔뜩 취한 한 녀석은 도덕이나 노력 따위는 쓰레기통에나 갖다 버리라며 분위기를 흐렸어. 그렇게 자리가 흐트러지고 있을 때였어. 어떤 놈이 아무리 뛰어도 그 자리라고, 수저를 잘 물어야 한다고 빈정거리니까 용하가 닥치라고 했어. 잘 변하지 않지만 저절로 변하는 건 없다며 결국 인생은 자기 몫이라고 그랬나. 취기에 한 소리 하고 교가까지 부르더라. 패기, 라는 말이 교가에 여러 번 나오잖아. 짓궂은 놈들이 패기를 포기로 따라 불러 다들 웃는데도 용하는 묵묵히 다 부르고먼저 나갔어."

선배는 짧게 한숨을 내쉬었다.

"며칠 뒤, 전화가 왔더라. 면접 본 중소기업에서 연락이 왔다고. 빚 갚을 수 있다고 좋아했어."

"용하가 갚을 게 뭐죠?"

"아버지 암 치료비가 필요하다고 찾아왔었는데 마침 그때회사에서 성과급이 나와서 다행이었어."

아무 말도 할 수 없었다. 용하가 직원 대출이 가능하냐고물었을 때 안 될 거라고 말했던 것 같다. 그때 무슨 사정이 있는지 되묻지도 않았고, 알아볼게 같은, 당연히 해야 할 말도하지 않았다. 특별히 다른 이유는 없었다. 마음의 여유가 없

었던 것 같다. 그 무렵 직장에서 팀 이동이 있어서 스트레스
가 적지 않았으니까.

"몰랐어요. 용하 아버님이…… 용하가 그런 말은 안 했어
요."

어쩌면 나의 표정이나 말이 용하의 입을 막은 건 아닐까,
그런 생각이 얼핏 들었다. 선배는 용하의 성격으로 봐서 먼저
말을 꺼내기 쉽지 않았을 거라고 했다.

"너희들 다투었어? 네가 어떻게 지내는지 용하가 나한테
종종 물었거든."

"아뇨. 서로 바쁘게 지내다 보니 그렇게 된 것 같아요."

용하와의 만남이 뜸해지면서 서운함이 있었지만 먼저 전화
하지도, 연락을 기다리지도 않았다. 한 시절이 지나가면 그
시간을 함께한 사람과의 관계도 자연스럽게 멀어지곤 했으니
까. 용하도 그러리라 여겼다. 잊거나 잊히거나. 다만 각자의
자리에서 잘 지내고 있기를 바랐다.

"선배 그거 생각나요?"

"뭐가?"

"깃대 쓰러뜨리기."

집 근처 작은 놀이터. 아이들이 몰려와 기구를 타느라 놀이
터가 시끌벅적할 때 우리는 깃대 쓰러뜨리기를 자주 했다. 선
배와 나는 놀이터 구석에서 모래를 쌓아 성을 만들고 용하는
꺾어 온 나무막대를 모래성에 꽂았다. 가위바위보를 해서 이

긴 사람부터 차례대로 모래를 가져갔다.

용하는 손가락 끝으로 조심스럽게 모래를 긁었다. 모래를 가져가다 깃대를 쓰러뜨리는 사람이 지는 게임이었다. 누구와 내기를 해도 용하는 마지막까지 살아남았다. 그래서 용하의 사고가 더 믿기지 않는지도 모른다. 용하가 어딘가에서 자기의 깃대를 쓰러뜨리지 않기 위해 안간힘을 쓸 거라고 믿었다.

돌이켜보면 게임을 하기 전, 모래성을 높게 쌓는 건 언제나 내 몫이었고 게임에서 맨 먼저 지는 사람은 항상 선배였다. 매번 자신 있다고 큰소리치던 선배와 쓸데없이 신중하기만 한 나는 용하를 한 번도 이긴 적이 없었다.

"알지. 용하가 그 놀이를 정말 잘했잖아."

우리가 용하와 함께한 추억을 되새기는 사이, 보험사 차량이 도착했다. 타이어가 교체되자마자 우리는 다시 달렸다. 흐린 날씨 탓인가, 달이 사라지고 형체를 구분하기 힘들 정도로 숲은 더 어두워졌다.

"선배, 조금만 더 빨리 달려요."

"그래. 빨리 가야지."

선배의 헛기침 소리가 허공 속으로 사라졌다. 선배가 액셀을 세게 밟았다. 여차하면 숲속으로 빨려들 것 같아 등받이에 몸을 바짝 붙이고 두 손으로 안전벨트를 꽉 잡았다. 어둠 속에서 희미한 불빛이 아른거렸다. 장례식장이 서서히 눈에 들어왔다.

나는 차에서 내리면서 벗어둔 재킷을 꺼내 걸쳤다. 습도가 높아서 선배의 곱슬머리가 더 곱슬하다. 선배는 손끝으로 가르마 주위를 정리하고 앞장서 걸었다. 장례식장 주위가 한산했다. 선배 말대로 문상객이 많지 않은 것 같았다.

식당 입구에서 사내들이 이야기를 나누고 있었다. 용하의 죽음이 사고사라는 말이 귀에 들어왔다. 그날, 함께 일한 동료들과 용하의 송별회 자리가 있었던 모양이다. 회식이 끝나고 귀가하는 길에 문제가 있었다고 했다. 대화 중 이십대 초반의 청년이 같은 말을 되풀이했다. 자기 탓이라고. 그러자 옆에 선 남자가 그만하라며 한숨을 길게 내쉬었다.

청년이 울먹이며 계속 입을 열었다. 지나가던 남학생들이 저를 부르더니 담배가 있냐고 물었어요. 없다고 하니까 제게 담배 심부름을 시켰어요. 싫다고 하자 한 녀석이 제 머리를 움켜쥐고 흔들었어요. 지나가던 형이 보고 달려온 거예요.

싸우지 않으려고 형이랑 계단 쪽으로 피했지만 녀석들이 끝까지 따라왔어요. 주먹질이 오갈 수밖에 없었죠. 싸움 중 형이 계단 뒤로 넘어졌는데 한동안 일어나지 못했어요. 녀석들이 놀라서 도망가자 형이 저를 보고 웃는 거예요. 옷을 털고 일어나길래 괜찮은 줄 알았어요. 형이 머리가 좀 어지럽다고 해서 근처 편의점에 들렀어요. 병원으로 바로 갔어야 했는데. 진통제를 먹더니 쉬어야겠다며 택시를 타고 집으로 갔어요. 그게 마지막이 될 줄 몰랐어요. 청년은 두 손으로 눈가를 훔치더니 바닥에 주저앉았다.

남자는 목이 잠긴 듯 입을 닫았고 옆에 선 사람들은 서로 다른 곳을 바라보았다.

빈소에 들어서지 못하고 주변을 서성거리자 선배가 와서 어깨를 토닥였다. 여기까지 왔는데 용하는 봐야지. 뒤늦게 선배를 따라 용하에게 갔다. 용하의 아버지와 여동생 하영이가 빈소를 지키고 있었다. 작업복 차림의 사내들이 아저씨에게 인사하고 나갔다.

선배를 이어 분향했다. 사진 속의 용하가 웃고 있었다. 용하야, 너랑 달걀 먹을 때가 좋았어. 네가 그랬잖아. 이보다 맛있는 건 없다고. 충분하다고. 용하의 선한 미소 때문에 몸이 돌려지지 않았다. 영정 사진을 한 번 더 보고서야 자리에서 물러날 수 있었다.

부의함에 봉투를 넣었다. 두둑한 봉투를 본 선배가 옆에서 한마디 했다.

"옆에 있을 때 잘하지."

"그러게."

식장에서 나가는데 검은 상복을 입은 하영이 내 앞에 섰다. 손에 작은 상자가 들려 있었다. 내게 할 말이 있는 것 같았다.

"무슨?"

하영이가 상자에서 뭔가를 조심스럽게 꺼냈다. 머리핀과

노란 수첩이었다.

"이거, 언니 거죠? 오빠가 언니 거라고 했어요."

푸석한 얼굴로 물끄러미 나를 바라보았다.

용하 집에서 잃어버린 새 모양의 머리핀. 용하가 찾아서 돌려준다고 했을 때 부모님이 떠올라 버리라고 말한 적이 있었다. 시의 전문이 빼곡히 적힌 노란 수첩까지. 이런 걸 보관한 용하의 마음은 어떤 걸까. 내가 머뭇거리자 하영이 한 발짝 가까이 다가왔다.

"이사할 때 오빠가 다른 건 안 챙겨도 이건 꼭 챙겼어요. 큐빅도 다 빠진 걸."

나는 머리핀을 받고는 한동안 우두커니 서 있었다.

"가야지. 밤이 늦었어."

선배가 옆에서 슬그머니 팔을 당겼다.

우리는 하영을 안아주고 돌아섰다. 선배는 주차장으로 걸었고 나는 선배를 뒤따랐다. 추적추적 비가 내렸다. 차에 탄 선배는 말없이 핸들을 잡았다.

"선배, 우리가 달려온 그 숲길로 나가나요?"

"그 길밖에 없잖아."

숲에 다다랐을 때 라디오를 켰다. 밤길을 따라오는 새소리. 귀를 막아도 들려오는 숲의 소리에 라디오 볼륨을 높였다.

드림파크

장마라 열흘 내내 비가 내리다 말기를 반복한다. 오늘도 다르지 않다. 창밖이 어둑해지더니 비가 쏟아졌다. 곰팡이가 슨 벽지에 빗방울이 떨어지고 있다. 원은 창문을 닫고 침대에 드러누웠다. 침대 중앙에 말린 이불을 가장자리로 걷어찼다. 몸을 뒤척일 때마다 삐거덕, 소리가 난다.

핸드폰이 계속 울렸다. 몇 달 전, 알바를 했던 편의점 점주다. 그는 투박한 어투로 같은 말을 반복한다.

"벌금을 갚든지, 와서 일하든지 해. 안 갚으면 네 부모를 찾아갈 거다."

"작정하고 속이는 걸 어떡해요. 미성년자인 줄 몰랐다고요!"

"친구에게 담배 판 거 다 알아. 네 친구, 카알이라며?"

"카알이……"

원은 점주가 다음 말을 하기 전에 핸드폰 종료 버튼을 눌렀다.

"맘대로 해, 난 부모 같은 거 없어."

원은 책상 위 시계를 보았다. 시계 수리점을 한 아빠가 생일 선물로 준 탁상시계다. 시침이 움직이지 않는다. 고장 난 시계처럼 아빠의 시간도 오 년째 기억 속에 잠자고 있다. 초등학교 4학년 때 유람선을 탄 아빠는 돌아오지 못했다.

원은 드림파크 서버에 접속했다. 재크가 있는 룸 20이 나타났다. 그곳은 원이 사는 열두 평 빌라와 달리 여러 개의 발코니가 있다. 원은 높은 담과 넓은 정원, 야외 수영장을 갖춘 집을 만드는 데 포인트를 아끼지 않는다. 재크가 냉장고 문을 열었다. 냉장고 안에 연어 통조림, 닭가슴살 통조림이 일자로 놓여 있다. 맨 아래 칸에 방울토마토와 복숭아가 보이고 음료 칸에는 생수, 캔 맥주가 가득 차 있다. 재크가 오렌지 주스를 꺼내서 마신다. 원은 재크의 동선이 편리하도록 냉장고의 위치를 바꾼다. 스크롤바를 내려 4도어 냉장고를 클릭한 다음 부엌 왼쪽으로 옮겼다.

알림창에 룸 21의 입장을 허용해달라는 문자가 떴다. 참여자를 확인하고 OK 키를 누르자 단의 플레이어, 나단의 목소리가 들린다. 원, 생일 축하해. 축하 말과 함께 케이크 이

모티콘을 보냈다. 잊고 있었는데 고마워. 원은 모니터 화면을 한참 동안 바라보았다. 이야기 끝에 나단이 물었다. "너, 열 아홉 아니지?" "응, 빼기 삼." 원의 대답에 나단이 자기가 한 살 많다며 키득댄다.

원은 컴퓨터에 빠진 뒤로 낮과 밤이 바뀌었다. 집에 머무는 시간이 길어지면서 학교 친구들과 멀어졌다. 나단은 드림 마을에서 알게 되었다. 얼굴도 모르는 온라인 친구지만 개인적인 이야기를 나누는 유일한 친구다.

"원, 엄마가 끓인 미역국 맛은 어때?" 나단의 엉뚱한 질문에 원은 라면 국물을 후루룩 삼키며 대답했다. "다를 게 뭐 있겠어."

나단이 엄마의 생일 선물은 받았냐고 물었다. "그런 관계 아니야." 나단이 왜냐고 이유를 물었지만 원은 입을 닫았다. 아빠의 장례식장에서 죽은 줄 알았던 엄마를 만났다. 친척들이 엄마라는 여자를 보고 쑥덕거렸다. 바람이 나서 아빠와 두 돌이 된 아기를 버렸다고. 아빠의 보상금 때문에 나타났다며 여자가 나의 법정대리인이 되는 걸 탐탁지 않게 여겼다.

미역국과 생일 선물에 대해 말하던 나단이 불쑥 가족 이야기를 꺼냈다. "우리 엄마는 중국인인데 이주노동자였대. 이유는 모르지만 내가 어릴 때 한국을 떠났어. 아빠는 어디에 사는지 몰라. 난 혼자 살아."

원은 젓가락을 식탁에 내려놓았다. "나도 혼자나 마찬가지야. 합동 장례식까지 치렀는데도 아빠의 죽음이 믿어지지 않아. 엄마란 여자는 집을 자주 비우고."

"기다려봐. 죽은 줄 알았던 사람이 뒤늦게 돌아오는 일도 있잖아." 원은 나단의 말에 고개를 가로서었다. "오래전에 포기했어. 한때 내 꿈이었는데. 나단, 넌 꿈이 있냐?" "응, 정부 보조금으로 사는 거." 나단은 짧게 답하고 자리를 떠났다. 알바할 시간이라고 했다.

원은 아빠가 준 탁상시계를 보고 중얼거렸다. 여자가 내 생일을 기억할 리가 없잖아. 아들이라고 부르면서 정작 내가 아플 때는 모른 척해. 여자가 작게 말해도, 말 안 해도 들려. 너 때문에 내가 얼마나 불편한 줄 알아? 없는 듯 살아.

아빠, 룸 20처럼 가족도 리뉴얼될까? 가능하다면 여자는 삭제하고 싶어.

드림 마을에 주말 이벤트가 열렸다. 마을 입구에 '우리는 모두 소중하고 가치 있는 존재입니다'라는 현수막이 걸려 있다. 원은 이벤트 게시판을 눈여겨봤다. 세입자를 들이는 플레이어에게 포인트를 지급한다는 내용이 보인다. 마을 인구를 늘리기 위한 행사다. 임대 기간이 열흘이라고? 게시판을 읽는데 선착순 모집이라는 공지가 떴다. 원은 재빨리 세입자 신청하기를 클릭했다.

잠시 뒤 세입자가 나타났다. 링 귀걸이를 한 여자가 룸 20

을 기웃거리며 초인종을 눌렀다. 여자가 반갑지 않다. 엄마의 사각턱을 닮았다. 센터에서 세입자를 보내주는 거라서 못마땅해도 어쩔 수 없다. 원은 지하에 여자의 방을 만들고 재크와 여자가 서로 만나지 못하도록 설정했다.

정오가 되자 재크가 일층 현관에서 시계를 본다. 동물원에 알바하러 갈 시간이다. 재크는 동물원에서 악어 사육사로 일하며 포인트를 모은다. 원은 재크를 보며 거북목을 펴고 목 언저리를 덮는 덥수룩한 머리카락을 묶었다. 재크의 표정을 살폈다. 옅은 눈썹 아래 작은 눈, 둥근 콧날, 작은 입. 원은 재크의 얼굴을 클릭, 눈썹을 짙게 그렸다. 재크, 난 커트하기 싫지만 넌 헤어스타일을 좀 바꿔야겠다. 알바 마치고 가도록 미용실을 예약했다.

메뉴에서 동물원을 클릭했다. 광폭 3자 수조 안에 자갈이 깔린 수족관이 보인다. 수족관 안에는 입이 묶인 일 미터 길이의 카이만이 물속에 엎드려 있다. 주둥이가 짧고 넓다. 턱 밑과 눈 밑, 무늬가 짙다. 적정 수온이 22도에서 26도로 되어 있는지 살핀다. 큰 돌이 있는 육지 부분은 스폿 켜기를 클릭한다.

재크가 동물원에서 알바를 시작했을 때 카이만은 베이비였다. 카이만이 자라면서 황색 바탕에 있던 검은 반점도 올리브 그린으로 변해갔다. 원이 먹이 주기를 클릭하자 재크가 악어 먹이로 미꾸라지를 배급받아 온다. 원은 자기의 불규칙한 식사 습관과는 달리 오전 열시, 하루에 한 번 정해진 시간에 카이만의 먹이를 챙겼다. 카이만은 클수록 사나워지고 배변량이 늘어났다.

원은 아르바이드하기를 클릭한다. 포인트를 더 쌓으려면 재크가 사육사 일 외에 다른 일을 더 해야 한다. 마을 안에는 네 개 구역이 있다. 사유지가 세 개, 공공지가 한 개다. 원은 재크가 공공지에서 두 시간 동안 일하길 바란다. 주로 하는 일은 수영장이나 공원에서 쓰레기를 줍거나 화단에 물 주는 일이다. 원은 마을 구직란을 클릭, 마을 놀이터 청소하기를 신청했다. 신청한 플레이어가 많은지 게시판에 대기 상태라고 뜬다. 원은 대기에 확인 키를 클릭하고 마을에 머물렀다. 접속 기간이 길수록 포인트를 더 쌓을 수 있고 포인트가 많아야 원하는 걸 가질 수 있다.

원은 핸드폰을 들여다본다. 새벽 한시. 침대에서 몸을 일으켰다. 허리를 숙여 바닥에 떨어진 티셔츠를 주워 입고 주방으로 갔다. 싱크대 붙박이장 문을 차례대로 열었다. 여자가 일주일에 한 번 집에 들러 냉장고와 수납장을 채워두는데 어제가 그날이었다. 냉장고에서 먹다 남긴 맥주 캔을 꺼내 단숨에 마시고 컵라면을 꺼냈다. 유통기한이 지난 컵라면이라 쓰레기통에 던졌다. 여자가 어제 오지 않은 모양이다.

룸 20을 클릭했다. 재크가 보이지 않아 화면 전체 보기를 한다. 윗면과 측면을 클릭해 확대해서 본다. 지하방에 있던 여자가 일층에 올라왔다. 여자가 거실과 부엌을 오가며 분주히 청소기를 돌린다. 여자의 입가에 생크림이 묻어 있다. 부엌을 드래그하자 빵 부스러기가 곳곳에 떨어져 있다.

정오의 빛이 방 안을 환히 비춘다. 푸른색 블라인드를 내렸다. 블라인드 틈으로 새어 들어오는 빛이 흐릿해질 때까지 원은 컴퓨터 앞에서 움직이지 않는다. 인터폰이 울리고 현관 밖에서 걸걸한 목소리가 들린다. 집을 보러 왔다는 말에 현관문을 열자 한 남자가 고개를 들이밀고 집 안을 기웃거렸다. 이 집 주인이 집을 내놨는데 모르냐며 원을 빤히 쳐다봤다. 원은 남자 앞을 가로막고 안 판다고 소리를 내질렀다. 원이 눈을 치켜뜨자 남자가 현관 쪽으로 급히 몸을 돌렸다. 남자가 밖으로 나가자마자 원은 거칠게 현관문을 닫아버렸다.

원은 마을로 가서 입장 키를 클릭했다. 상가동에 있는 시계수리점으로 걸었다. 마을에 만든 아빠의 일터다. 수리점 옆 분식점에 아이들이 줄을 서 있다. 재크가 분식점을 기웃거린다. 분식점 옆에 화원이 생겼다. 오픈 행사 중이다. 입구에 나뭇가지를 늘어뜨린 보리수나무가 보인다. 바람이 지나가는 자리마다 긴 타원형 이파리들이 제멋대로 춤을 춘다. 원은 오픈 할인 티켓에 포인트를 더해 보리수를 주문했다. 수리점 안에 화분을 들였다. 아빠가 좋아하던 나무다. 원은 수리점 외벽의 푯말을 바라보았다. 출장 중. 오 년 전 그대로다.

초등학교 입학 무렵 아빠가 과실수를 사 왔다. 보리수나무로 원이 돌본 유일한 식물이다. 물밖에 주는 게 없는데도 열매가 잘 맺혔다. 덕분에 해마다 빨간 보리수 열매를 따 먹었다. 한주먹 따서 입에 넣고 오물오물, 톡톡 씨를 뱉어내던 아빠. 여름이 되면 아빠의 모습과 함께 보리수 열매의 쌉쌀한 맛이 입안을 감돈다. 누가 멀리, 더 높게 뱉는지 내기를 하며 베란다에 나란히 서서 천장 높이 씨앗을 뱉곤 했다. 그 시간이 떠오르면 원은 오래도록 베란다를 서성거렸다.

룸 20에 접속했다. 여자가 거울 앞에서 외출 준비를 한다. 클럽 복장이다. 클럽을 또? 원은 여자를 클릭, 확대한다. 염색할 때를 놓친 사람처럼 여자의 앞머리를 허옇게 설정한다. 이마 주름과 눈 아래 그늘을 만든다. 두 볼에 기미를 그려 넣자 전보다 열 살은 더 많아 보인다. 여자는 거울 속 모습을 보고 도망치듯 지하방으로 달려갔다.

마을 게시판에 뜬 공지를 뒤늦게 발견했다. 계절 파티 초대장이다. '오늘 밤 오후 일곱시에 마을 이벤트홀에서 깜짝 파티가 열립니다.' 재크는 저번 파티에서 베스트드레서상을 받아 트로피와 포인트를 상금으로 받았다. 원은 파티 수락을 클릭하고 참석자는 한 명이라고 체크한다. 파티를 준비하기 위해 드레스 상점을 둘러본다. 마음에 드는 재킷과 신상 구두를 사고 차를 렌트한다. 원은 파티를 준비하는 데 가지고 있는 포인트의 절반을 사용했다.

마을 주민들이 파티장에 도착하고 있다. 홀 밖에는 서른 대 정도의 차를 수용할 수 있는 넓은 주차장이 보인다. 당일 파티 시간에는 무료 주차가 가능하다. 재크는 파티 시작 시각에 맞춰 홀에 입장한다. 탁 트인 전망, 백 평 정도의 홀에 시스템 냉방 시설, 은은한 천장 조명 아래로 테이블이 열 개 정도 보인다. 테이블마다 의자가 네 개씩 놓여 있다. 테이블 위에는 간단한 스낵과 음료, 노트북, 무선 마이크가 준비되어 있다. 중앙 홀 전면에는 음향 시스템, 빔프로젝터가 보인다.

원은 화면을 들여다보았다. shift + click, 여러 메뉴가 뜬다. 마우스로 드래그해서 관계 수치를 우호적 태도로 조정했다. 재크가 동석한 이웃들에게 인사한다. 재크는 재킷을 벗어 의자 뒤에 걸쳐둔다. 흰색 셔츠에 슬림한 블랙 슈트 차림이다. 앞 테이블에 앉은 단이 재크와 인사를 한다. 대화창이 열리고 참여자 목록에 불이 들어온다. 참여자들이 재크를 주시하며 대화를 주고받는다. 저 남자가 재크야. 저번 시즌에 베스트드레서상을 받았대. 재크를 본 이웃들의 헤어스타일이 변한다. 몇몇은 옷차림이 바뀌었다.

새로운 이웃이 입장했다. 긴 머리를 늘어뜨린 청년이 빠른 걸음으로 파티장 입구로 들어섰다. 화면에 인물 정보가 뜬다. 룸 24로 이사 온 케이, 구역을 자주 옮겨 다니는 편, 취미는 사냥. 원은 케이의 가방에 눈길이 갔다. 가방을 클릭하자 쇼

핑 정보가 나타난다. 악어가죽. 가죽의 돌기가 뼈처럼 딱딱해
보이고 크다. 포르수스나 엘리게이터는 아닌 것 같다. 돌기가
있는 것은 주로 악어의 등 부분이다. 동그랗게 모여 있는 걸
보면 꼬리나 다리 근처 가죽이다.

　케이가 재크의 옆자리에 앉아 와인을 따라준다. 고마워요.
재크가 인사한다. 케이의 플레이어가 원에게 말을 건다. 케이
가 장난기가 많다고. 원이 대답하기 전에 대화창이 사라져버
렸다.

　"당신, 난쟁이 집에 살지?" 케이가 재크 옆에 바짝 붙어 속
닥거린다. 난쟁이라고? 초등학교 5학년 때, 전학 가서 낯선
교실에 처음 들어갔을 때 누군가 불렀다. 난쟁이, 여기 앉아.
카알이 낄낄거리며 자기 옆자리를 가리켰다. 녀석의 말이 거
슬렸지만 무슨 말을 어떻게 할까, 망설이다가 아무 말도 하지
못했다. 놈의 큰 덩치에 말문이 막혔는지도 모른다. 설마 케
이의 플레이어가 카알은 아니겠지?

　"제법이야. 베스트드레서상도 받고." 케이가 와인 잔을 들
더니 재크의 잔을 툭, 쳤다. 잔이 기우뚱하더니 넘어져버렸
다. 쏟아진 와인에 재크의 흰 셔츠가 붉게 물들어갔다. 원은
의자에서 일어나 휴지를 찾다 말고 자리에 앉았다.

　원은 재크의 옷장을 둘러보고 셔츠를 골랐다. 최근 구입한
흰 셔츠를 클릭했다. 그 사이 재크가 케이에게 달려들었다.
한바탕 싸울 기세다. 둘이 실랑이를 벌일 때 나단이 불렀다.

"못 보던 캐릭터인데?" 나단이 말을 건다. "그래, 예전에 저런 놈이 있었어." 원이 아랫입술을 깨물었다. "카알, 이라고 나를 괴롭힌 놈. 학교 동창이야. 케이의 플레이어가 나를 아는 것 같아." 나단이 누구냐고 묻는다.

"6학년 때, 빵셔틀 시킨 놈." 나단이 물음표를 띄운다. "쉬는 시간, 오 분 안에 빵을 사 오라 해. 오 분이 지나면 화장실로 따라오래. 카알의 주먹이 얼굴을 내리치는 바람에 안경이 바닥에 떨어졌어. 주우려고 몸을 숙이는데 그놈이 종아리를 걸어찼어. 반항하거나 싫다고 말하지 못한 게 후회돼. 약해 보이면 더 덤비는 놈인데."

나단이 그놈이 확실하냐고 물었다. "그건 몰라. 편의점에서 알바하다 카알을 다시 만났어. 술 담배를 달라고 협박하는데 어쩔 수 없었어. 한데 그놈이 나를 신고했대. 미성년자에게 팔았다고." 나단이 미친놈이라고 소리쳤다. "정말? 그런 놈은 죽도록 밟아줘야 해."

원은 나단과 대화하며 화면을 들여다보았다. 이웃들이 파티장을 떠나고 있다. 진행자도 케이 때문에 마음이 상했는지 다음 일정이 바쁘다는 핑계를 대고 퇴장했다.

"나단, 케이를 보니 카알이 떠올라. 반 아이들을 힘들게 했거든. 샘이 녀석을 불러 꾸중하면 늘 그랬어. 장난친 거라고. 중1 때 카알과 같은 반이었는데 학교 가기 싫더라. 학교 안 가는 날은 동네 애들이랑 몰려다녔어. 담배 피우고 술도 마시고. 엄마라는 여자는 내게 관심도 없고."

나단이 낮게 중얼거렸다. "원, 위로 같은 거 포기해, 그래
야 편해져."

파티는 계획된 시간보다 일찍 끝이 났다. 베스트드레서상
도 뽑지 않고 행사가 종료되었다. 상금으로 포인트를 받으려
던 원의 바람은 이루어지지 않았다. 케이의 플레이어는 파티
가 끝나자 아무런 사과도 없이 화면에서 사라졌다.

원은 케이를 지켜봤다. 파티장 밖으로 나간 케이는 룸 24로
돌아가지 않고 동물원을 기웃거렸다. 원은 나단이 대화창을
나간 뒤에도 한참 동안 컴퓨터를 끄지 않았다. 케이가 늦은
밤까지 마을을 돌아다닌다.

빗줄기가 창문을 흔드는 소리에 잠이 깼다. 밤새 비가 내린
모양이다. 창틀에 빗물이 고여 있다. 원은 창밖을 보다 주방
으로 갔다. 달달한 시리얼에 우유를 듬뿍 부어 먹고 싶다. 시
리얼은 찾았는데 냉장고에 우유가 없다. 대신 서랍에서 컵라
면을 꺼냈다. 떨어지는 빗방울을 보며 라면으로 배를 채웠다.

핸드폰 알람이 정오를 알린다. 재크가 알바 갈 시간이다.
원은 룸 20으로 들어갔다. 재크가 외출 중이다. 동물원을 클
릭했다. 재크가 동물원 주위를 맴돌고 있다. 원은 재크에게
카이만에게 먹이 주기를 실행했다. 먹이를 준비하던 재크가
수족관 앞에서 움직이지 않는다. 무슨 일일까. 수족관을 확대

해서 들여다보았다. 카이만이 보이지 않는다.

원은 마을 관리사무소로 전화를 걸어 카이만이 사라졌다고 신고했다. 담당자가 다녀갔지만 CCTV가 고장이 나 무슨 일이 벌어졌는지 확인이 안 되었다. 원은 관리사무소에 CCTV를 수리해달라고 신청했다.

마을 게시판에 카이만을 찾는다는 공지가 뜨자 동물원 근처에서 케이를 봤다는 주민이 나타났다. 원은 빠르게 룸 24를 찾았다. 화면에 케이의 집이 뜬다. 케이가 현관문을 나서고 있다. 차에 가서 트렁크를 열고 커다란 자루 두 개를 꺼내들었다. 자루 입구에 핏자국이 보인다. 위에서 보기 클릭, 확대 클릭하니 자루 틈으로 악어 꼬리가 삐죽 나와 있다. 재크가 돌보던 카이만 같았다. 설마, 저 녀석이. 원은 얼굴이 화끈 달아올랐다. 케이가 트렁크를 닫고 급히 차에 올라탔다.

재크는 동물원 곳곳을 살피고 있다. 카이만을 찾지 못한 재크의 표정이 일그러졌다. 원은 룸 24와 텅 빈 수족관을 노려보았다. 원은 마을 상점으로 가서 라이터와 가스를 장바구니에 넣고 포인트로 결제했다. 재크가 기다리기라도 한 듯 룸 24로 달려갔다. 도착했을 때는 이미 케이가 사라지고 난 뒤였다. 원이 점화를 클릭하자 재크는 망설임 없이 방화를 저질렀다. 화면이 검붉게 타올랐다. 불길이 집 밖까지 번질 것 같아 원은 코를 막고 마을에서 재빨리 빠져나왔다.

자정이 지난 시간, 모니터에 내비치는 빛이 방 안을 푸르스름하게 밝힌다. 현관문이 열리는 소리가 들린다. 문틈으로 여자가 보인다. 술 냄새가 방 안까지 전해진다. 또 취한 것 같다. 여자의 몸이 옆으로 휘청한다. 냉장고 문을 열더니 물을 마시고 욕실로 들어갔다. 샤워기 물소리에 섞여 여자가 흥얼거리는 소리가 들린다. 오늘은 여자의 기분이 좋은가 보다. 무슨 일일까, 괜히 불안해진다.

원은 룸 20으로 가서 재크를 찾았다. 일층에 있던 재크가 보이지 않아 지하 방을 살폈다. 여자는 열흘간의 임대 기간이 종료되어 룸 20에서 나가고 없다. 창고 안쪽에 재크가 웅크리고 앉아 있다. 방에 가서 쉬라고 재크를 침대로 보냈다. 얼룩진 이불을 새것으로 교환해주고 나단에게 대화창을 띄웠다. 대화하기를 신청했지만 뜻대로 되지 않는다. 나단이 알바 가서 마을에 오지 못한다고 한 말이 뒤늦게 떠올랐다.

아침 햇살이 침대 위로 어른거린다. 문틈으로 여자가 보인다. 여자의 방 입구에 쓰레기가 수북이 담긴 재활용 봉투가 비스듬히 뉘어 있다. 여자가 거실로 나왔다. 여자의 발에 빈 콜라 캔이 차인다.

드림 마을로 들어갔다. 화면에 일주일 접속 금지라 뜬다. 방화에 대한 게임 운영자의 벌칙이다. 원은 재크에게 필요한 물건을 상점에서 샀다. 재크가 먹을 음식을 냉장고에 채우자 잔여 포인트가 얼마 남지 않았다.

"나단, 한동안 마을에 못 가." 나단은 답이 없다. 게시판에 공지가 뜬다. 재크가 일주일간 마을 경찰서에 감금된다는 내용이다. 방화 때문이다. 케이에 대한 공지는 아직 안 보인다. 원은 케이가 받을 처벌을 기다렸다.

현관 벨이 울렸다. 여자가 문을 열자 남자의 목소리가 들렸다. 여자의 애인이다.

"도박도 이제 재미없어."

"그렇다고 아도사카에서 술이라니, 기름 지고 불 속에 뛰어든 거 알아?"

여자가 거칠게 쏘아붙였다.

원이 문틈으로 거실을 내다봤다. 원은 말씨름을 하는 두 사람을 보고 눈을 흘겼다.

"다 잃을 뻔했잖아. 판 깨려고 마신 척한 거야."

남자가 여자를 놀린다.

"그걸 말이라고 해? 너 때문에 쫓겨났다고."

화를 참지 못한 여자가 베란다에 있는 화분을 집어 던졌다. 깨진 화분 조각 위로 거름흙이 흩뿌려졌다. 여자는 바닥에 주저앉아 발밑이 꺼지도록 숨을 몰아쉬었다. 남자가 가방을 들고 일어서자 여자의 목소리가 표 나게 작아졌다.

"이번이 정말 마지막 판이야."

"어떻게 믿어? 내 돈이나 내놔."

"기다려봐. 이 집 곧 팔려."

"원은 알아?"

"목소리 낮춰."

여자가 속삭이듯 말한다.

원이 방문을 덜컥 열고 거실로 나가 여자를 노려보았다.

"변하길 기대하다니. 당신 같은 사람을 엄마라고."

여자가 놀란 얼굴로 고개를 가로저었다. 원은 방문을 닫고 귀에 이어폰을 꽂았다.

장마라 습하고 눅눅한 가운데 일주일이 더디게 흘렀다. 원은 일주일이 지나자마자 재빨리 컴퓨터를 켰다. 운영자가 접속을 허용했다. 룸 20을 클릭하자 재크가 거실을 오가는 모습이 보인다. 심심한 모양이다. 재크에게 외출하기를 클릭한다. 원은 오래간만에 마을을 둘러보았다.

룸 19가 달라졌다. 단층이었던 집이 이층으로 증축되고 넓은 정원까지 보인다. 위에서 보기, 옆에서 보기. 아래 보기를 클릭하자 옆집의 모습이 화면에 뜬다. 매일 일곱 시간씩 접속해서 만든 룸 20보다 집이 더 화려하다. 갑자기 포인트를 어떻게 모은 거야? 원은 입술을 깨물었다.

나단이 마을에 들어와 있다. 대화를 신청했다. "나단, 마을에 무슨 일 있는 거야? 룸 19가 갑자기 변했어." "몰랐구나. 네가 없는 사이에 룰이 바뀌었어. 포인트제가 캐시 충전제로 되었어." "정말? 그건 곤란한데." "원, 나도 그래." 나단이 모두 나쁜 방향으로 변하고 있다고 말을 이었다. "어떤 플레이어는 차량 절도를 하다 실패했대. 17 플레이어는 현금인출기를 털다가 구속되었고. 19 플레이어는 근처 편의점을 털었다는 소문이 있어. 덕분에 마을 경찰들이 바빠졌어."

원은 케이의 집, 룸 24를 클릭했다. 불에 탄 흔적은 보이지 않았다. 전보다 울타리가 높아지고 차고가 더 커졌다. 일주일 만에 새로 만들다니! 원은 재크를 찾았다. 실업자가 된 재크가 시무룩한 표정으로 수족관을 기웃거린다.

원은 마을의 직업을 클릭하고 동물원을 둘러보았다. 재크가 돌볼 만한 카이만을 고르려고 동물 보기에 들어갔다. 갓 태어난 카이만을 보는 중에 시스템이 움직이지 않았다. 포인트가 제로였다. 원은 포인트를 쌓기 위해 직업 구하기에 들어갔다. 아르바이트하기를 클릭하다 바뀐 규칙이 떠올랐다. 현재는 서버가 지원되지 않는다는 글자가 화면에 뜬다. 종일 드림 마을에 들어가지 못했다.

며칠 뒤 현금카드를 찾아 겨우 충전했다. 화면을 클릭했다. 수족관 근처에 케이가 보인다. 케이가 고글을 쓰고 외출하는 모습이 보인다. 케이가 마을을 떠나지 않다니 이상하다. 게시판을 클릭하던 원의 손가락이 떨렸다. 공지 사항을 읽다 말고 마우스를 꽉 쥐었다. 보석금을 내면 마을 교도소에 가지 않는 규칙이 만들어졌다. 카이만은 내겐 가족이나 마찬가지인데. 원은 분노가 치밀었다.

갑자기 증축하거나 개축한 집은 현금을 많이 충전한 플레이어의 룸이다. 현금을 충전해야 원하는 세상을 만들 수 있다니. 나단을 찾았지만 참여자 목록에 이름이 보이지 않는다. 나단의 룸 21에 들어가 소식란을 클릭했다. 포인드가 부족해서 다른 플레이어와 대화 정지 상태, 라는 메시지가 뜬다.

나단이 마을에 들어올 수 없다고? 원이 가쁜 호흡을 고를 때 새로운 공지가 뜬다. 몇몇 플레이어들이 강퇴된다는 소식이다. 명단을 살피다 나단을 발견했다. 다른 소식도 보인다. 강퇴 후 열흘 동안 마을에 입장하지 않는 사람은 추방된다는 규칙이 생겼다. 마을이사회에서 결정된 사항이다. 플레이어가 만든 집과 캐릭터가 모두 사라진다는 내용에서 원은 키보드를 엎어버렸다.

원은 침대에 누워 이불을 뒤집어썼다. 룸 20의 잔여 포인트가 얼마 남지 않았다. 재크의 방을 클릭했다. 재크는 실업자가 된 뒤로 집 안에서 빈둥거린다. 정오가 되어서야 일어나고 종일 벽만 본다. 냉장고 안이 비어 유통기간이 지난 식빵과 우유를 먹는다. 욕실에는 샴푸 통이 뚜껑이 열린 채로 쓰레기통 주위에 버려져 있다. 샴푸를 다 쓴 모양이다.

주말이 지나고 나단이 마을에 들어왔다. "나단, 살아 있었던 거야? 안 보여서 걱정했어." 나단이 잠시 멈칫거리다 대답했다. "응, 넌 괜찮니? 얼마 전 케이의 플레이어를 마을 밖에서 만났어. 토요일에 보자는데 함께 만날래?" 원은 잠시 말을 멈추었다. 밖에서? 더구나 케이의 플레이어를?

나단은 원에게 미안해하면서도 멈출 수 없다고 했다. "플레이어들이 그와 딜을 하고 있어. 다들 조금씩 업그레이드되는 중. 이번 주 토요일 오후 네시야. 그날 한 곳, 털 거야." 원은 나단의 처지가 안되어 보여 정색하고 대들진 못했다. "나단, 지금 재크가 케이 때문에 힘들어해. 알지?" 나단은 원의 말은 아랑곳하지 않았다. 미성년자는 알바도 쉽지 않다며 같이 가자고 했다. "아니, 그럴 수 없어." 원은 다짐하듯 말했다. "무엇보다 여기선 제대로 살고 싶어." 나단은 추방되는 건 더 싫다는 말을 남기고 마을에서 나가버렸다.

마을 안에서도 가게가 털렸다는 소문이 나돌았다. 게시판에는 온통 사고 소식뿐이었다. 이웃들은 자신을 지키려고 룸과 자기 몸에 보호막을 설치하고 있다. 마을 안에서 활동하던 플레이어들이 마을 밖에서 만나면서 분위기가 더 어수선해진 것 같다.

원은 숨을 길게 내쉬었다. 포인트가 바닥나서 드림 마을과 접속이 안 되고 있다. 재크를 못 본 지 벌써 일주일이 지난데다 룸 20이 사라질지 모른다는 우려에 잠을 제대로 못 자고 있다. 재크를 생각하며 창 쪽으로 시선을 돌렸다. 선풍기 바람에 블라인드 한쪽이 들썩거린다.

여자와 계속 통화가 되지 않는다. 열흘째 돌아오지 않는 걸 보면 이번 도박판이 제법 큰가 보다. 거실 바닥에 떨어져 있는 동전을 줍다 말고 여자에게 다시 전화를 걸었다.

"어디야?"

"별일이네. 날 다 찾고."

"어디냐고?"

"안 들려."

통화 중 남자의 목소리가 핸드폰 속으로 흘러들었다. 원에게 집이나 비우라고 해. 집 팔렸다고. 남자의 웃음소리 위로 여자의 목소리가 겹쳤다. 두 사람의 콧노래가 바닥으로 퍼진다.

원은 거실을 맴돌다 여자의 방으로 갔다. 화장대 위에 놓인 팔찌가 눈에 들어왔다. 팔찌를 호주머니 안에 넣고 드림 마을을 클릭했다. 모니터에서 눈을 떼지 못했다. 유효기간이 지나서 입장할 수 없다는 내용이 화면을 스쳤다.

옷장 문을 열었다. 사계절이 아무렇게나 엉킨 옷들이 바닥으로 쏟아졌다. 옷에 달라붙은 과거 시간이 달려든다. 아빠가 사라진 뒤 고장 난 탁상시계처럼 원의 시간은 제멋대로 굴러갔다. 아빠의 표류 뒤, 원의 시간도 표류하고 있었다. 오지 않는 아빠를 기다린 시간이 방 안을 떠다닌다. 원은 중얼거렸다. 봄, 여름, 가을, 겨울. 사계절이 가고 해가 바뀌어도 달라질 게 없어.

창밖을 바라보았다. 비가 내려 하늘이 잔뜩 찌푸려 있다. 바람에 현관문이 덜컹거린다. 원은 문을 열었다. 거친 비바람 탓

124

에 눈앞이 뿌옇다. 빌라를 벗어나자마자 우산이 뒤집어진다. 손등으로 모자를 눌러썼다. 버스 정류장으로 뛰어가서 막 도착한 버스에 올라탔다. 사람들이 높낮이가 다른 손잡이에 매달려 고장 난 시계추처럼 불규칙하게 흔들렸다.

원은 시계탑 다음 정류장인 중앙동 번화가에서 내렸다. 도로가 패어 물이 곳곳에 괴어 있다. 횡단보도를 건너자 아빠와 함께 다니던 익숙한 길이 나타났다. 롯데리아와 올리브영을 지나고 GS편의점을 지났다. 보도 곳곳이 파이면서 물웅덩이가 생겼다. 웅덩이가 많아질수록 물비린내와 흙내가 짙어졌다.

웅덩이가 깊어지면서 흙탕물의 농도가 짙어졌다. 운동화 안으로 흙물이 차올랐다. 걸음을 멈추고 뒤를 돌아보았다. 길이 사라진 걸까, 빗줄기에 가려 지나온 길이 잘 보이지 않는다.

원은 앞으로 나아갔다. 아빠의 시계 수리점 쪽으로 걷다가 분식점 앞에서 걸음을 멈추었다. 아빠의 일터가 있던 이층 상가가 사라지고 그 자리에 낯선 빌딩이 섰다. 원은 무작정 걷기 시작했다. 벽처럼 늘어선 고층 빌딩 앞에 서자 현기증이 났다. 잠시 눈을 감았다. 빗소리에 섞여 이상한 소리가 들려왔다. 북소리 같은데. 소리가 나는 방향으로 고개를 돌렸다.

원은 풀어진 운동화 끈을 매고 다시 걸었다. 소리가 가까이서 들렸다. 건너편을 바라보았다. 분수광장이 눈에 들어왔다. 걸음을 멈추고 광장을 응시했다. 아빠가 일이 끝나기를 기다리는 여덟 살의 원이 보였다. 혼자 우두커니 벤치에 앉아 있는, 사람들의 시선이 두려운, 웃지도 울지도 않는 아이. 북소리가 심장을 두드렸다. 원은 광장 한복판으로 깊숙이 걸어 들어갔다.

어디

정원 씨가 횡단보도 앞에서 내 손을 놓았다.

"넌 집에 먼저 가."

"할머니는 어디 가세요?"

정원 씨는 대답 대신 멍든 이마에 화장을 덧칠했다. 치과 진료를 마치고 나오는 길이라 다시 묻지 않았다. 솜이 빠질지 모르니 삼십 분 동안 입을 열지 말라는 의사 선생님의 당부도 있었다.

정원 씨는 자기가 대답하고 싶은 말만 잘 듣는 편이다. 아빠가 옆집 할아버지에 관해 물으면 잘 안 들려, 돈이 필요한데 있냐고 물으면 없다고, 분명하게 대답한다. 되물으면 못 들은 척할 게 분명하다.

신호등에 초록 불이 들어오자 정원 씨가 등을 돌렸다. 평소보다 보폭이 크고 속도가 빨랐다. 나는 집 쪽으로 발걸음을 옮기면서도 맞은편 도로로 자꾸만 눈길이 갔다. 달리는 차에 가려져 정원 씨가 보이다 말다 하더니 어느 순간 시야에서 사라졌다. 집에 왔을 때 낯익은 핸드폰이 식탁 위에 놓여 있었다. 정원 씨 거다.

정원 씨는 일주일이 지나도록 귀가하지 않았다. 아빠와 둘이 살다가 초등학교 입학 무렵 정원 씨 집으로 왔다. 여기서 함께 산 지 벌써 삼 년째다. 정원 씨는 우리를 잘 보살펴주었는데 아빠는 정원 씨를 찾아 나서지 않는다.

티브이를 켰다. 저녁 뉴스에서 새해 첫날의 한파 특보로 기온이 영하 15도 안팎까지 떨어졌다고 한다. 춥지 않을까, 정원 씨 생각을 하다가 리모컨으로 채널을 바꾸었다. 요리 방송 중이다. 정원 씨가 만들어준 매운 떡볶이와 떡라면이 공중에 떠다닌다. 주방으로 가서 싱크대 수납장을 열고 컵라면을 꺼냈다. 라면에 뜨거운 물을 붓고 기다리는데 현관 벨이 울렸다.

고모는 왜 또 온 거야. 마흔인 고모는 아직 미혼이다. 고모는 아빠랑 자주 싸우더니 작년에 집을 나가버렸다. 그 뒤로 근처 오피스텔에서 혼자 살고 있다.

정원 씨가 사라진 뒤 벌써 세번째 방문이다. 고모의 앙칼진 목소리가 거실 공기를 갈랐다.

"오빠, 엄마한테 또 뭐라고 한 거야?"

"집에 없어요. 아직 안 왔어요."

"그래?" 고모의 목소리가 금세 작아졌다.

고모가 정원 씨 방으로 들어갔다. 고모가 다녀가면 정원 씨 방이 달라졌다. 이불장이나 옷장이 헝클어져 있는가 하면 화장대 서랍에 있던 반지나 팔찌가 한 개씩 사라졌다. 정원 씨가 아끼던 진주 목걸이도 안 보인다.

정원 씨와 아빠가 심하게 다툰 날도 고모가 다녀갔다. 아빠가 무서운 눈으로 정원 씨에게 반지를 달라고 요구했다. 자기 것도 아니면서. 정원 씨는 다이아 반지가 안 보인다고 아빠를 의심했다. 방문 틈으로 두 사람의 분위기를 살피다가 거실로 나갔다. 울먹이는 정원 씨를 더는 볼 수 없었다. 아빠에게 그만하라고, 내가 말려도 소용없었다. 아빠는 어른들의 일이라며 내게 방에 가 있으라고 했다. 정원 씨도 내게 방에서 나오지 말라며 목소리를 높였다. 나는 방에서 이불을 뒤집어쓰고 빨리 하루가 지나가길 기다렸다.

그날 오전, 식탁에서 물을 마시다가 고모를 보았다. 현관문을 나서는 고모의 손가락에 그 반지가 끼워져 있었다. 정원 씨가 모임 때마다 끼고 나가는 반지라 한눈에 알았다. 아빠에게 말하고 싶었지만 모른 척했다. 아빠가 알면 고모를 죽일지도 모르니까. 정원 씨 얼굴의 멍도 그때 아빠와 실랑이를 벌이다가 넘어져서 생긴 거다.

고모가 나를 불렀다. 옷장 속 금고를 가리키며 열쇠를 못

봤냐고 물었다. 나는 고모의 손가락을 살피며 고개를 가로저었다. 더는 가져갈 게 없을걸. 며칠 전 아빠가 정원 씨의 액세서리 보관함을 배낭에 넣는 걸 보았다. 고모가 가고 뒤늦게 식탁에 앉았다. 퍼진 라면을 젓가락으로 휘젓다가 먹지 않고 버렸다.

배가 고파 잠이 오지 않는다. 겨울방학만 아니면 학교에서 점심은 먹는데 개학하려면 아직 멀었다. 한 달은 기다려야 한다. 천장을 바라보았다. 형광등이 꺼질 듯 말 듯 깜박거린다. 안정기를 교체하겠다던 아빠는 일주일이 지나도 손을 안 대고 있다. 정원 씨가 눈을 깜박거리며 하는 말이 떠오른다. 수오야, 씻고 잘 거지. 귀가 간지럽다.

잠결에 현관문 열리는 소리가 들린다. 아빠가 귀가했다. 벗어 던진 잠바에 술 냄새가 배어 있다. 정원 씨가 탈취제를 뿌린 잠바를 베란다 빨래걸이에 걸쳐놓던 모습이 스쳤다. 아빠의 코가 불그스름한 게 많이 취한 것 같다. 아빠의 코끝이 붉은 건 할아버지를 닮은 거야. 손자도 그럴 거라고 내 콧등을 만지던 정원 씨의 거친 손, 잔기침이 잦아 늘 감기에 걸린 것 같은 희멀건 얼굴이 거실에 떠다닌다. 취한 아빠에게 왜 정원 씨를 찾지 않느냐고 물었다. 아빠가 정원 씨의 방을 흘깃 쳐다봤다.

"내가 찾지 않는 게 아니라 할머니가 간 거야."

아빠가 뭐라고 혼잣말을 더 했지만 알아들을 수 없었다.

아빠는 며칠 동안 수염도 깎지 않고 바깥에도 나가지 않았다. 핸드폰 알람이 연이어 울렸다. 일어나기 싫어서 몸을 뒤척이는데 아빠가 나를 깨웠다. 3박 4일 일정으로 대구를 다녀온다고 했다. 왜 가는지 묻지 않았다. 뻔하지, 뭐.

아빠는 가끔 엄마가 밉다고 했다. 내가 태어나고 두 돌이 안 되어 엄마가 세상을 떠났다고 들었다. 나는 엄마와의 추억이 없고, 관심도 없다. 사진 속 엄마의 얼굴만 기억한다. 엄마에 관해 물으면 아빠는 말머리를 돌렸고 정원 씨는 주방으로 들어가버린다. 그래서 나는 엄마의 이야기를 입 밖으로 꺼낼수도 없다.

아빠는 정원 씨의 도움으로 치킨 맥주 가게를 열었지만 이년 만에 폐업했다. 그 뒤로 아빠는 매일 밤 소주를 마셨고 새벽까지 게임에 빠졌다. 그뿐 아니라 아빠는 게임에서 알게 된 사람들과 타지에서 정기 모임을 자주 가졌다. 가끔 낯선 여자들이 아빠를 찾았다. 거기서 알게 된 여자들과 사귀는 것 같았다.

짐을 다 챙긴 아빠는 책상 위에 이만 원을 올려놓았다. 내가 3박 4일 동안 저 돈으로 버텨야 한다는 뜻이다. 한 달에 두세 번은 집을 비우는 터라 대수롭지 않았다. 현관문이 닫히는 소리가 들리고 곧 발소리가 멀어졌다. 다시 혼자가 되었다.

냉장고 문을 열었다. 시든 상추와 아빠가 마시다 만 소주 반병이 눈에 들어왔다. 참이슬, 내가 처음 마셔본 술. 술을 마신 건 아빠 때문이다. 냉장고에서 음료수를 꺼내다 소주병을 엎질렀는데 아빠는 내가 마신 줄 알고 손바닥으로 등짝을 후려쳤다. 다음 날 냉장고를 열었을 때 아빠가 남긴 소주가 보였다. 화가 풀리시 않은 터라 빌컥, 들이켰다. 그 뒤로 아빠는 술병이 없어져도 모른 척했고 나는 맛없는 술을 건드리지 않았다. 벌써 한 계절이 지난 일이다.

하늘이 거뭇거뭇 어두워지고 곧 저녁이 되었다. 라면을 부숴 먹다 쓰레기통에 버렸다. 봉지를 보니 유통기한이 지났다. 여자 친구 지나와 맥도널드에서 햄버거를 먹고 싶은데 연락이 안 된다. 며칠 전 함께 떡볶이를 먹은 뒤로 보지 못했다. 카톡을 주고받는 것도 통화하기도 쉽지 않다. 그날 지나가 말했다. 바이올린 과외나 학원에 결석하면 엄마가 핸드폰을 압수한다고. 지나의 바이올린 선생님은 지역에서 이름이 꽤 알려진 연주자라고 들었다.

배가 고파 괜히 냉장고 문만 열고 닫기를 반복했다. 정원 씨가 보면 전기세가 많이 나온다고 꾸짖었을 거다. 냉장고에는 유통기한이 지난 마른안주와 먹다 만 맥주병이 자리를 차지하고 있다. 아빠는 내가 초등학교 입학 전까지만 해도 매일 아침 어디론가 출근했다. 공휴일이나 주말이면 정원 씨와 나를 데리고 바다로 캠핑을 떠났다. 맥주를 마시는 아빠에게 술이 맛있냐고 물으면 아빠는 잠이 잘 온다고 했다. 한 모금씩 마시다 보면 졸리고 병이 빌 즈음 잠이 쏟아진다나. 그뿐 아니라 배가 고프지도, 춥지도, 외롭지도 않다고 했다. 어쩌면 아빠에겐 술이 만병통치약인지도 모른다.

캠핑 가서 가장 즐거운 일은 정원 씨가 가르쳐준 달고나 놀이다. 정원 씨는 달고나를 만든다고 국자, 끌게, 밑판, 누름판, 모양틀을 챙겼고 아빠는 더 편하게 만들 수 있다며 나무젓가락과 종이 호일을 배낭에 넣었다. 만드는 건 주로 정원 씨 몫이었다. 아빠랑 나는 정원 씨가 정성껏 만든 달고나 세트를 모양대로 잘라내는 게임을 했다. 아빠가 일부러 져준 건 아닐 텐데 늘 내가 잘했다. 정원 씨는 아들은 똥손이고 손자는 금손이라며 아빠를 놀렸다. 언제쯤 다시 캠핑을 하러 갈 수 있을지 모르겠다.

일주일 뒤 방학 캠프에 간다. 준비물은 김밥. 정원 씨가 말아주는 참치김밥이 맛있는데, 정원 씨는 언제쯤 집으로 돌아올까? 정원 씨 방으로 갔다. 화장대 앞에 안마기가 놓여 있다. 옆집 할아버지가 보내준 어깨 안마기다.

예순아홉인 정원 씨는 자기보다 두 살 아래인 옆집 할아버지를 남자 친구라고 부른다. 할아버지가 이사한 날, 정원 씨의 표정이 시무룩했다. 이사 갔어. 일자리를 구했대. 물품 관리를 하고 지하철 타고 배달도 가고. 할아버지 이야기를 하는 정원 씨의 주름진 얼굴이 보고 싶다. 할아버지가 떠난 뒤로 정원 씨가 바뀌었다. 김밥을 말아도 전처럼 흥얼거리지 않고 어깨춤도 추지 않았다.

집으로 전화가 왔다. 택배기사가 물건을 가지러 온다고. 수취인이 정원 씨라고 했다. 어제 오후, 경비실로 배송되었다는 이야기는 들었는데 잊고 있었다. 뭘까. 경비실로 뛰어가서 물건을 찾아왔다.

두어 시간이 지나고 택배기사가 방문했다. 아저씨는 내가 건네준 택배물에 송장 한 장을 덧붙였다. 수취인 주소지 변경 건이라고 했다. 나는 폰 카메라로 낯선 주소를 재빨리 찍었다. 정원 씨가 머무는 곳이라는 생각이 스쳤다. 정원 씨가 물건을 산 후 배송지를 우리 집 주소로 알려준 것 같다.

송장 주소를 검색했다. 대중교통을 이용하면 한 시간 반쯤 걸릴 거리다. 카카오맵을 보면서 서둘러 버스를 탔다. 겨우 도착한 곳은 다세대주택이 늘어선 골목 안, 삼층 빌라였다. 노란색 벽이 군데군데 벗겨져 있어 지저분했다. 일층 첫 집은 베란다 창문에 거미줄 모양의 금이 가 있다. 바람이 불면 이내 창문이 깨질 것만 같다. 창문이 떨어져 나간 몇 집은 사람이 사는 것 같지 않다. 주소대로라면 정원 씨가 사는 곳은 이층 중간 집이다.

현관 벨을 눌러도 인기척이 없다. 일층으로 내려가 입구 계단에 앉아 기다렸다. 정원 씨 친구들의 전화번호라도 알아둘걸. 정원 씨에게도 친구가 있는데 급할 때 전화할 연락처 하나 아는 게 없다. 정원 씨는 내게 친구들의 이름과 연락처를 물었는데 나는 정원 씨에게 묻지 않았다. 연락처가 필요하리라는 생각을 미처 하지 못했다. 정원 씨가 늘 가까운 곳에 있을 줄 알았다. 골목 모퉁이에서 발소리가 들렸다. 일어서서 소리가 나는 곳으로 고개를 돌렸다.

키가 크고 몸이 마른 노인이 걸어왔다. 곧게 뻗은 콧날 위로 가지런한 눈썹이 눈에 들어왔다. 옆집 할아버지다.

"네가 여길 어떻게 알고?"

할아버지가 덥석 내 손을 잡았다. 나는 슬며시 손을 뺐다.

"여기 계시죠? 할머니요."

할아버지가 고개를 끄덕이며 한곳을 가리켰다. 손끝을 따라가니 슈퍼였다. 슈퍼 유리문 안으로 정원 씨의 진분홍색 코트가 언뜻 보였다.

"조금만 기다리자. 곧 오실 게다." 큰 손으로 내 어깨를 감쌌다.

나는 슈퍼로 달려갔다. 과자 코너를 돌고 있는 정원 씨의 둥근 등이 보인다. 입구에서 정원 씨를 불렀다. 정원 씨가 나를 보고는 몸을 움츠렸다.

"다 보여요. 할머니 몸매는 감출 수 없잖아."

슈퍼를 나왔다. 정원 씨가 앞장서고 내가 뒤따랐다. 검은 비닐봉지 밖으로 신라면이 삐죽 나와 있다. 정원 씨는 열라면을 좋아하는데. 신라면을 왜 샀냐는 물음에 정원 씨는 할아버지가 좋아하는 라면이라고 했다. 자기가 싫어하는 건 잘 안 사는데 이상한 일이다. 과자를 살 때도 늘 자기가 좋아하는 새우깡을 산다. 포카칩이 좋다고 말해도 매번 새우깡을 내 책상 위에 올려놓았다.

정원 씨가 내 허리를 툭 쳤다. 여길 어떻게 찾아왔냐, 아빠는 네가 여기 온 줄 알고 있니, 라고 물을 줄 알았는데 아니었다.

"아빠한테는 여기 왔다고 말하지 않을 거지!"

정원 씨는 부탁을 협박처럼 말한다.

빌라 앞에 도착했을 때 할아버지가 여태 우리를 기다리고 있었다. 할아버지를 따라 이층으로 올라갔다. 현관문이 열렸다. 운동화 두 켤레가 나란히 놓여 있다. 안방 맞은편에 부엌, 거실 옆 작은방, 현관 바로 옆에는 화장실이 보인다. 베란다에는 빨래걸이가 있다. 냉장고 외에 가전제품이 보이지 않는다. 티브이는 물론 에어컨도 없다.

할아버지는 이사 오기 전에 살림 대부분을 정리했단다. 이사할 집이 작아서 가져오지 않았던 모양이다. 집의 크기가 우리 집을 반으로 접고 또 접은 것처럼 작다. 집 안을 기웃거리는 나를 보고 할아버지가 웃는다. 할아버지가 열한 평이라도 필요한 건 다 있는 집이라고 말하자 정원 씨는 좁아도 쓸모 있는 집이라고 맞장구친다.

정원 씨가 방을 가리키며 가방을 갖다 놓으라고 했다. 방문 손잡이를 잡았다. 녹슨 손잡이가 군데군데 벗겨져서 손바닥이 따끔했다. 방에 들어와 붙박이장 문을 열자 세제 상자가 켜켜이 쌓여 있다. 두루마리 휴지, 치약 세트, 홍삼 선물 세트, 운동화 박스가 보이고 전기매트 위로 크고 작은 상자들이 가득하다. 나는 붙박이장 아래에 떨어져 있는 열쇠를 주워서 정원 씨에게 건넸다.

"금고 열쇠인데 이제 필요 없어. 내 방 옷장 안에 있는 금고 알지? 너 해라."

나는 정원 씨가 준 열쇠를 가방 안에 넣었다. 보물 상자가 생긴 것 같아서 마음이 설레었다.

핸드폰 게임을 하다가 웃음소리가 들려 방에서 나왔다. 정원 씨와 할아버지가 식탁에 앉아 이마를 맞대고 있다. 식탁 중앙에 낯선 물건이 보인다. 구슬 놀이란 보드게임 교구다. 내기라도 하는 걸까? 두 사람의 손이 빠르게 움직였다. 나무 젓가락으로 구슬을 집어 각자의 컵에 옮기기를 되풀이했다.

"할머니, 보드게임도 해요?"

"몰라서 안 했지. 알면 잘해."

할아버지가 식탁 아래에 떨어진 구슬을 주워 교구 박스에 담으며 내게 속삭였다. 치매 예방에 도움이 되는 놀이란다.

할아버지의 손이 멈춰도 정원 씨의 주름진 손은 쉬지 않고 움직였다.

우리는 늦은 저녁을 먹기 위해 밥상을 중간에 두고 둘러앉았다. 김치찌개, 콩나물무침, 멸치볶음, 구운 김이 밥상에 올라왔다. 정원 씨의 손맛을 그새 내가 잊은 걸까, 양념을 안 넣은 것처럼 음식이 모두 싱거웠다. 그래도 배가 고파서 밥 한

공기를 다 비웠다. 식사를 마친 할아버지가 정원 씨에게 약
봉투를 내밀었다. 약 먹어야죠, 라는 말에 정원 씨가 얕은 숨
을 삼켰다. 무슨 약이에요, 내가 묻자 정원 씨가 비타민이라
고 했다. 할아버지가 아플 때 정원 씨가 약을 챙겨주었는데
상황이 바뀐 것 같다.

작년 봄, 정원 씨가 밤늦게 귀가해서 아빠가 언성을 높였
다. 옆집 노인 병시중을 왜 하냐고? 그때 정원 씨가 하는 말
을 들었다. 옆집 할아버지는 아내가 세상을 떠난 뒤 구 년째
혼자 살고, 아파도 연락할 가족이 없다고 했다. 호주로 유학
간 외아들이 있어도 결혼한 뒤로 연락이 뜸한 모양이었다.

할아버지가 입원할 때 정원 씨가 보호자로 따라가서 아빠
가 못마땅해했다. 복막염 수술을 받고 퇴원한 뒤에도 한동안
기력이 없어 정원 씨는 죽을 끓여 가거나 집안일을 도와주었
다. 아빠 때문일까? 정원 씨는 옆집에 갈 때 혼자 가지 않고
나를 데리고 다녔다.

식사를 마치고 방에서 노는데 정원 씨가 방금 먹은 밥을 또
먹으라고 한다. 정원 씨는 할아버지에게도 밥 드시라고, 같은
말을 반복했다. 건망증이 더 심해졌나 보다.

씻고 자려고 욕실 문을 열었다. 우리 집 욕실보다 더 좁고,
더 찼다. 타일 벽은 군데군데 실금이 생겨 언제든지 갈라질
것처럼 위태로워 보였다. 욕조도 샤워부스도 없어 대충 씻었
다. 추워서 재빨리 옷을 껴입고 거실로 나왔다. 할아버지 옆

에서 웃고 있는 정원 씨의 얼굴을 바라보았다. 여기가 뭐가 좋다고.

정원 씨가 머리를 감고 한참 동안 머리카락을 말리지 않자 할아버지가 드라이기를 건넸다. 정원 씨는 조그만 게 무겁네, 라며 눈을 흘겼다. 할아버지가 내게 윙크를 하더니 정원 씨의 젖은 머리를 정성껏 말려주었다.

내가 잠자리에 든 뒤에도 정원 씨와 할아버지의 대화는 이어졌다. 정원 씨, 우리만 생각하자고요. 할아버지의 말에 키득 웃음이 나와 손으로 입을 막았다. 두 사람의 대화를 듣는데 지나가 생각나고, 보고 싶다. 수오야, 우리 영화 보러 갈래? 그때 지나의 숨결에서 딸기향이 났다. 딸기 먹었니? 아니, 딸기 치약 쓰는데. 좁쌀 여드름이 가득한 지나의 뺨과 크고 동그란 눈이 자꾸만 아른거린다.

잠을 깼을 때 부엌에서 정원 씨와 할아버지의 목소리가 들렸다. 함께 아침 식사를 준비하는 것 같았다. 정원 씨가 무슨 요리를 하는지 도마에서 나는 칼질 소리를 따라가면 대충 알 수 있다. 요리의 종류에 따라 야채 써는 시간과 칼질하는 소리가 다르다. 이리저리 추측하는 사이에 된장찌개 냄새가 났다.

식사 준비가 다 되었다고 정원 씨가 나를 불렀다. 찌개 맛이 평소와 다르다. 양념이 덜 들어간 것 같다. 할아버지는 정원 씨가 자리를 비운 사이에 찌개에 물을 붓고 아무렇지 않은 듯 식사를 했다. 싱거운데 물을 왜 부었냐고 물으니 좀 짜다고 했다. 정원 씨의 손맛이 변한 건 할아버지 때문일지도 모른다.

오후에 할아버지가 일하는 곳으로 따라갔다. 재래시장 안에 있는 허름한 삼층 건물이었다. 복층 상가로 복도가 꽤 넓었다. 이층으로 올라가자 의료기기 체험관, 드림마트라고 쓰인 커다란 현수막이 간판 대신 붙어 있다. 입구에 손님이 많았다. 대부분이 예순에서 일흔 안팎인 노인들이다. 할아버지는 고향 후배인 김 사장이 장사를 잘해서 단골이 많다고 했다. 멀리서 지하철을 타고 오는 손님도 있다며 흐뭇한 표정을 지었다.

안으로 들어가자 향수 냄새와 김밥 냄새, 땀 냄새가 진동했다. 일반 마트와는 분위기가 좀 달랐다. 물건 대신 노인들이 매장 안을 꽉 채웠다. 한 분단에 열 명 안팎의 노인들이 줄을 지어 의자에 앉아 있다. 김 사장은 노인 세 명을 반장이라 불렀다. 세 개 분단 중 정원 씨는 2분단 반장이란다. 1분단 반장이 전날 구매량이 세 분단 중 가장 많았다고 자기 분단에 타월을 돌렸다. 모두 들뜬 표정으로 손뼉을 쳤다.

김 사장이 마이크를 잡았다.

"며칠 전에 드림마트 상가 주인을 만나서 반년 동안 이 장소를 사용하기로 재계약했습니다. 저희는 검증 안 된 상품은 취급하지 않아요."

사장의 말이 끝나기도 전에 박수 소리가 들렸다. 앞으로도 드림마트를 자주 찾아달라는 말을 끝으로 색소폰을 들었다. 돌아가신 부모님이 생각나면 색소폰을 분다는 사장은 사무실에 와서는 다른 말을 했다. 인건비도 안 나오고 목만 아프다고 투덜거렸다.

반장들이 분단별로 떡을 나누어주었다. 간식 시간이 끝나고 사장이 다시 마이크를 잡았다. "자제분은 연락을 자주 하나요? 아, 아니라고요. 이혼한 자식이 손자를 맡겼다고요? 사업자금까지요? 부모가 금고인가 봅니다. 그리고……"

사장이 갑자기 말을 멈추더니 호주머니에서 슬며시 메모지를 꺼냈다. 다음 문장을 잊어버린 것 같다.

"도수가 맞지 않는 안경은 렌즈를 바꾸거나 버리면 되지만 가족은 불편하고 마음에 안 들어도 바꿀 수도, 버릴 수도 없죠."

사장은 볼륨을 줄이고 속삭이듯 천천히 말을 이었다.

"남은 인생이 살아온 시간보다 훨씬 짧아요. 이제 우리 자신의 인생을 삽시다."

사장이 흘낏, 핸드폰을 들여다볼 때였다. 밖이 소란스러웠다. 뿔테 안경을 쓴 사내가 들이닥쳤다. 다짜고짜 사장에게 달려가 멱살을 잡았다.

"떴다방을 드림마트라고! 싸구려 안마기를 삼십만 원에 팔아? 완전 강도잖아."

사장과 사내가 한참 실랑이를 벌이는데 정원 씨가 다가가서 사내의 어깨를 사정없이 후려쳤다.

"자기 돈 쓰는 데 참견은 왜 해?"

어수선한 주위가 조용해졌다.

"당신 누구요?"

사내가 눈을 치켜뜨고 정원 씨를 노려보았다.

"반장이다. 왜?"

할아버지가 정원 씨를 달래서 사무실로 데려갔다.

핸드폰 벨이 울렸다. 모르는 전화번호가 떠 통화 종료를 누르려는데 지나의 목소리가 흘러나왔다. 친구 폰이라며 받으라고 했다. 나는 복도 끝으로 자리를 옮겼다.

"수오야. 어디니?"

"여행 왔어."

"부럽. 학원도 안 다니고."

나도 학원에서 친구들이랑 놀고 싶은데 아무도 내게 학원에 가라는 말은 하지 않는다. 지나는 그런 내가 부럽다고 한다.

지나가 대화 중간에 급히 전화를 끊었다. 학원 수업이 곧 시작된다고 했다.

사무실로 가다 사장이 누군가와 통화하는 것을 엿듣고 말았다.

"오늘 연기 좋았어. 특히 심층해염을 사용한 뒤, 비염이 다 나았다고 한 거."

사장은 그 덕에 매출이 배로 올랐다고 했다.

모른 척 뒤돌아서는데 사장이 내 어깨를 잡았다. 사장이 지갑에서 만 원을 꺼내주며 비밀이라고 속삭였다. 잠시 머뭇거리는 사이, 만 원을 더 주었다. 착하게 커야지, 하고 눈까지 껌뻑거렸다. 속임수가 비밀? 모른 척하면 착하다? 웃겨. 날 베이비로 아나 봐. 돈을 받으니 공범자가 된 것 같았다. 나는 그 돈으로 마트에서 여드름용 세안 비누를 샀다. 지나에게 줄 거다.

대구에 간 아빠가 돌아오는 날이다. 아침 일찍 집으로 가려고 가방을 챙겼다. 함께 가자는 말에 정원 씨는 다음에 가겠다고 전처럼 말했다. 먼저 가라는 말에 대답도 하지 않고 돌아섰다. 정원 씨가 옆에 있으면 잔소리만 할 거야. 없는 게 편할지도 몰라. 집에 도착해서 아빠를 기다렸다. 시간이 지나도 서운함이 가라앉지 않았다.

아빠가 현관에 들어서자마자 정원 씨가 있는 곳을 말해버렸다.

"할머니가 옆집 할아버지한테 갔어. 여기보다 거기가 더 좋은가 봐."

내 말을 듣던 아빠의 표정이 진지해졌다.

"수오야, 너 할머니랑 지낼래? 당분간만."

"거기서요? 왜요?"

"이사를 해야 하는데……"

아빠가 말끝을 흐렸다. 이유를 말하지 않아 아빠의 마음을

어디 | **145**

알 수 없었다. 나는 지나를 자주 못 볼 것 같아서 싫다고 했고 아빠는 알았다는 말 이외에 다른 말은 하지 않았다.

정원 씨 방으로 들어갔다. 금고 속에 작은 상자가 보였다. 상자 안에 자물쇠가 붙은 낡은 다이어리가 들어 있었다. 살짝 당겼는데 자물쇠가 툭 떨어졌다. 다이어리를 뒤적거렸다. 삐뚤삐뚤, 맞춤법이 틀린 정원 씨의 손 글씨가 보인다. 한곳을 펴서 읽어 내려갔다.

밥상 이야기였다. 결혼 전 어머니가 지병으로 세상을 떠난 뒤 아버지의 밥상을 차렸던 정원 씨는 결혼 후에는 시어른의 밥상을, 며느리가 없어진 뒤로 아들과 손자의 밥상까지 차린다는 내용이다. 정원 씨는 시장에서 장 보고 요리하는 걸 좋아하는 줄 알았는데 그게 아닌 것 같았다. 내가 지나를 만나 노는 게 즐거운 것처럼 정원 씨도 친구들과 차 마시고 이야기하는 게 좋은가 보다. 나는 다이어리를 상자 안에 넣고 표 안 나게 원래 있던 자리에 놓았다.

초등학교 입학 무렵으로 기억된다. 정원 씨가 부엌에서 마늘을 까면서 자기는 이름을 불러주는 사람이 없다고 말했다. 나이 들어선 자기 이름이 할머니가 되어버렸다고 한숨을 쉬는 걸 봤다. 그때 내가 장난으로 정원 씨라고 부르자 어른한테 그럼 안된다고 꾸지람을 하면서도 돌아서서 배실배실 웃었다. 기구에 마늘을 갈아 통에 담고 설거지를 마칠 때까지 콧노래를 불렀다. 난 그 뒤로 할머니를 정원 씨라고 부른다.

겨울방학이 열흘밖에 남지 않았다. 나는 종일 텔레비전을 보면서 소파에서 빈둥거렸고 아빠는 침대에 비스듬히 누워 핸드폰을 들여다봤다. 저녁 시간에 고모가 왔다. 숙제하다 문틈으로 밖을 내다봤다. 고모가 거실 바닥에 엎드려 어깨를 들썩거렸다. 또 무슨 일이지? 고모는 아빠에게 자식도 아니라며 소리를 내지르더니 분을 못 참겠다며 아빠를 밀쳤다.

"너란 인간은 돈 앞에서는 엄마도 안 보이지? 엄마한테 손을 댔다며? 아들 짐승 되는 꼴 보기 싫어서 엄마가 집 나간 거래."

아빠도 가만있지 않았다.

"급해서 반지 좀 빌려 달랬더니 없다잖아."

"그렇다고 사람을 밀쳐?"

아빠는 잠시 말을 멈추더니 말을 이었다.

"어디에 숨겼는지 도통 알 수가 없어. 그 다이아 반지 말이야."

고모는 자기가 가져갔다는 걸 끝까지 안 밝혔다.

"옷장 속에 있는 엄마 금고 열쇠, 네가 가져갔어?"

"아니, 내가 금고를 왜?"

아빠는 왜 열쇠의 행방이 궁금할까. 금고 안에는 다이어리밖에 없는데. 더구나 정원 씨 건데.

고모의 입에서 옆집 할아버지 이야기가 또 나왔다.

"엄마가 속상하대. 오빠가 옆집 영감한테 돈을 받았다고 죽고 싶대. 왜 그랬어?"

"그 영감이 엄마 대신 준 거라고!"

"엄마가 영감 집에서 나갔대. 오빠 때문이야."

아빠도 질세라 고모의 말이 끝나기도 전에 받아쳤다.

"나갔다고? 잘하셨네."

"뭐라고? 엄마 원하는 대로 살게 좀 둬!"

"그 영감 집? 아니면 그 떴다방? 거기 뭐가 있다고!"

아빠 말대로 그곳에 아무것도 없다 하더라도 정원 씨는 그곳이 좋은 것 같았다. 거기선 늘 웃고 있었다.

고모는 아빠 때문에 정원 씨가 집에도 안 오는 거라고 말했다. 그 말에 아빠가 목청을 높였다.

"집이 은행 빚에 넘어갈 뻔했어. 여하튼 나도 곧 여길 떠나."

현기증이 난다. 머릿속에 벌레가 들어와 스멀스멀 기어다니는 것 같다. 나도 모르게 들고 있던 손에 힘이 들어가고 연필이 탁, 부러졌다. 나는 거실로 나가 소리쳤다.

"그만, 그만 좀!"

나는 현관문을 쾅, 닫고 집 밖으로 나왔다. 복도까지 다투는 소리가 들렸다. 소음 때문일까? 복도가 조금씩 흔들리더니 쩍, 갈라지는 소리가 들렸다. 나는 귀를 막고 무작정 뛰었다. 정원 씨가 또 사라졌고 아빠가 떠난다니, 생각하기도 싫은 말들이 머릿속에 달라붙어 풍선처럼 점점 부풀어 오른다. 머리가 터질 것만 같다.

아빠에게 정원 씨를 만났다고 말하지 말걸. 미안하고 후회되고 걱정되어 할아버지 집으로 찾아갔다. 전과 달리 문 앞이 지저분하고 현관문에 전단이 덕지덕지 붙어 있다. 주위를 살피며 현관 벨을 여러 번 눌렀다. 대답이 없다.

드림마트로 곧장 달려갔다. 오래되어 곧 쓰러질 것만 같은 텅 빈 건물을 드림마트가 환하게 밝히고 있다. 1분단 반장이 매장 입구에서 나를 알은체했다. 2분단 반장이 나한테 정원 씨의 안부를 물었다. 일주일 전부터 정원 씨가 안 나온다며 무슨 일 있냐고 걱정하는 것 같았다.

맞은편 복도에서 사장이 걸어 나왔다. 눈이 마주쳐 인사를 했다. 사장이 못마땅한 눈초리를 거두며 나를 사무실로 데리고 갔다. 할머니 찾아왔냐며 내 손을 잡았다.

"아이에게 할 말은 아니지만 네 아버지도 대단하다. 형님한테 돈을 뜯어 가다니. 할머니한테 내가 안 좋은 소릴 하긴 했다. 꽃뱀도 아닌데 좀 너무한 거 아니냐고?"

사장은 웅변이라도 하듯 말을 쏟아부었다.

"할머니가 사라진 뒤로 형님도 사무실에 안 나와. 할머니를 찾아다니나 봐. 약도 먹는 모양인데 아들이 그것도 모르고."

사장은 아빠가 몹쓸 사람이라며 혀를 찼다. 무슨 말인지 다 이해할 수는 없지만 듣는 내내 얼굴이 화끈거렸다.

나는 드림마트를 나와서 어디로 갈지 몰라서 우두커니 서 있었다. 집으로 가야 하는데 발걸음이 떨어지지 않았다. 고모와 아빠가 서로 으르렁대는 모습이 발길을 가로막았다. 집에서 급하게 나오느라 외투를 잊고 나왔다. 겨울인데 잠바는 입고 다녀야지, 감기 조심해. 정원 씨가 나를 보면 또 잔소리를 늘어놓겠지.

정원 씨를 찾는 게 먼저라는 생각이 들었다. 그때부터 골목을 헤매며 정원 씨를 찾아다녔다. 낯선 동네를 돌아다니다 보니 저녁이 되었다. 배도 고프고 주위가 조금씩 어두워졌다. 편의점을 몇 군데 지나치고 선 곳은 버스 정류장 맞은편이었다. 횡단보도 앞에서 보행자 신호를 기다렸다.

정류장에 다다랐을 때 익숙한 목소리가 들린다. 먼저 집에 가 있어라. 정원 씨의 목소리가 귓속을 맴돌았다. 주위를 둘러보니 롯데리아 간판이 눈에 들어왔다. 정원 씨를 찾으면 햄버거를 사달라고 해야지. 먹고 기분 좋으면 할아버지랑 같이 살아도 된다고, 허락해줄 수도 있어. 머릿속을 맴돌던 생각이 말로 튀어나왔다. 난 괜찮아.

가로등 아래 의자에 앉았다. 이따금 구급차가 보였다. 사이렌 소리를 울리며 빠르게 내 앞을 스쳐 갔다. 상가를 밝히던 불빛이 꺼지면서 거리는 더 어두워졌다. 길고양이와 유기견이 돌아다녔다. 바둑이 한 놈이 내 주위를 계속 맴돌았다. 강아지를 좋아하는데 오늘은 달랐다. 놈에게서 고개를 돌리는데 눈앞이 흐려졌다.

아빠의 핸드폰이 꺼져 있다. 켜져 있어도 이 시간이면 소주를 마시고 게임에 빠져 있을 테니 전화를 받을 리가 없지. 시간이 흐를수록 아무런 생각이 나지 않는다. 시린 귀를 양손으로 감싸고 긴 의자에 누웠다. 눈꺼풀이 자꾸만 내려왔다.

버스 한 대가 내 앞에 섰다. 텅 빈 버스 안에 분홍코트를 입은 정원 씨의 모습이 언뜻 보였다. 정원 씨를 불렀다. 정원 씨가 내 목소리를 들은 걸까. 나를 향해 쉿, 하며 검지를 입가로 가져갔다. 버스 앞으로 다가갔다. 단춧구멍보다 작은 눈, 무턱에 동그란 얼굴이 닮긴 해도 정원 씨가 아니다.

주머니에서 진동음이 들렸다. 지나가 나를 불렀다.

"수오야, 어디쯤?"

"롯데리아 맞은편."

"정말? 나도 지금 롯데리아 근처. 안 보이는데."

"거기서 뭐 해?"

"가족과 뮤지컬 공연 보고 지금 롯데리아 지나가는 길. 넌?"

"난 탐험 중."

"어딜?"

"여긴 다른 행성."

나도 지구를 떠나고 싶어. 지나가 웃다 말고 전화를 끊어버렸다. 수학 과제부터 하라는 지나 엄마의 목소리가 핸드폰 속으로 흘러들었다.

곧 차가 끊길 텐데 아빠는 연락이 안 되고 정원 씨는 찾지 못했다. 버스 노선표에는 집으로 가는 102번 버스가 보이지 않는다. 핸드폰을 만지작거릴 때 누군가 다가왔다. 걸을 때마다 조금씩 비틀거렸다. 술 취한 남자 같다.

정류장에 버스가 정차하자 남자가 내게 손짓했다. 어서 타자. 막차야. 남자가 내 쪽으로 몸을 기울였을 내 아빠의 숨결에서 나던 달착지근한 술 냄새가 풍겼다. 남자는 얕은 기침을 해대며 버스에 올라탔다. 남자를 태운 버스가 좌우로 휘청거리며 어둠 속으로 사라져 버렸다.

어디선가 정원 씨의 목소리가 들렸다.

"수오야, 여기서 뭐 해? 먼저 집에 가라고 했잖아."

"정원 씨 찾고 있죠. 이번 숨바꼭질은 재밌어요. 꼭꼭 숨어서 정말 안 보이니까."

말놀이하는 동안 밤이 더 깊어졌다.

핸드폰 배터리가 얼마 남지 않았다. 102번 버스를 검색하자 도착 예정 버스 없음이라고 뜬다. 집으로 가는 버스 노선이 머릿속을 지나간다. 수성우체국, 금성초등학교, 화성빌라 정문 앞에서 환승해서 토성교차로를 지나 태양 주유소에 내려 십 분 정도 걸으면 패밀리아파트…… 정원 씨가 집으로 가는 길, 어느 역을 서성거리는 건 아닐까.

나는 의자에서 일어나 걷기 시작했다.

팔월의 이안류

테이블 세팅이 끝날 즈음 박이 들어왔다. 육십대 초반으로 보이는 사내가 뒤따른다. 창가 자리에 두 사람이 마주 보고 앉는다. 박이 아픈 데는 없느냐고 묻자 사내가 고개를 끄덕인다. 컵을 쥔 사내의 엄지 한 마디가 없다. 링거를 맞은 걸까, 손등에 멍 자국이 희미하게 남아 있다. 박이 카운터 쪽으로 돌아보며 회를 내오라는 사인을 보낸다.

"사장님, 특별 손님이야. 다른 날보다 더 신경 써줘요."

수족관으로 나가는 내게 박이 한쪽 눈을 찡긋 감는다. 실내를 휘둘러보는 사내에게 박이 지나가는 투로 가볍게 말을 건넨다.

"여기, 이도 횟집은 처음 왔죠?"

"네. 사무장한테 들은 이야기는 있어요. 이곳에 오면 취업이 된 거나 마찬가지라고요."

어눌한 발음이긴 해도 사내는 묻는 의도에 딱 맞는 답을 한다. 일자리를 구했다는 안도감 때문인지 사내의 얼굴이 편안하게 풀어진다.

"한데 어디서 일하는가요?"

"일단 잔부터 채우자고."

박은 대답 대신 소주병을 든다. 사내가 하던 말을 끊고 얼른 소주잔을 맞잡는다.

"이 집이 외져도 맛은 최고야."

박이 슬그머니 화제를 바꾼다. 평소와 다르지 않다. 박은 내 아버지가 한때 선장이었다는 말로 횟집을 소개한다. 박은 나에 대해 아는 것이 많다. 서른다섯 내 나이와 태명이 '바다'라는 걸 아는 몇 안 되는 사람 중 하나다. 아버지와 동갑내기 어머니가 마흔 살에 나를 낳은 것과 어머니가 미역국 끓일 때 전복을 홀수로 넣는 것까지 안다.

그에 비해 나는 박을 잘 알지 못한다. 박이 예전에 의사였고 광어회를 좋아한다는 것 정도다. 박이 나에 대해 떠들 때는 기분이 좋지 않다. 그래도 가게를 드나드는 건 나쁘지 않다. 적지 않은 매상을 올려주기 때문이다. 여기 주민 대부분은 매상과 관계없다. 그나마 도시에서 오는 손님들로 가게가 유지되었지만 아버지가 사라진 뒤로는 단골조차 끊겼다. 박이 아니었다면 이미 정리하고도 남았을 가게다.

고등학교를 졸업하고 집을 떠났다. 그러고는 고향에 잘 내려오지 않았다. 아버지는 어머니가 세상을 떠나고 달라졌다. 안 먹던 술을 마시고 말투가 거칠어졌다. 그것도 모자라 어머니의 첫 기일이 지나기도 전에 낯선 여자를 집으로 불러들였다. 나는 그런 아버지가 못마땅했다. 아버지는 자기 집이니 꼴 보기 싫은 사람이 나가라며 나를 밀어냈다. 아버지와의 간극은 시간이 지나도 좀처럼 좁혀지지 않았다.

이 년 전, 직장을 그만두고 고향으로 내려왔을 때 아버지가 보이지 않았다. 횟집에는 휴업 중이라는 메모가 붙어 있었다. 슈퍼 아주머니는 아버지가 열흘째 안 보인다며 걱정했고 동네 어른들은 가끔 있는 일인 듯 대수롭지 않게 여겼다. 실종 신고를 내고 기다리고 있지만 아버지는 여태 돌아오지 않고 있다.

접시에 광어회를 담고 홀을 내다보았다. 가게 구석에 앉은 수연의 모습이 보인다. 몸이 아파 이층에서 쉰다더니 벌써 내려와 냅킨을 집고 있다. 예약 손님이 신경 쓰였던 모양이다. 나는 수연을 부르려다 말고 박의 테이블로 회를 내갔다. 바로 뒤이어 요양병원 사무장 송이 들어왔다. 송은 빠르게 실내를 훑더니 박의 테이블로 갔다.

"박 사장님, 김 씨가 그새 맘이 변했어요."

회 접시 놓을 자리를 만드느라 찬그릇을 밀어내다 두 사람의 얼굴에 눈길이 갔다. 박이 이맛살을 찌푸리자 송의 표정이 금세 굳는다.

"일손이 필요해도 어쩔 수 없죠. 천천히 구해보세요."

앞에 앉은 사내 때문일까, 날카롭게 번득이던 박의 눈빛이 이내 누그러지고 어투까지 부드럽다.

박과 송을 보면 갯장어와 가자미가 스친다. 박의 매끄러운 피부, 튀어나온 아래턱과 날카로운 송곳니가 갯장어를 닮았고 박의 눈치를 살피느라 곁눈질하기 바쁜 송의 눈은 가자미를 떠오르게 한다.

사내는 접시에 속살을 드러내고 누운 광어를 바라보기만 할 뿐 젓가락을 댈 엄두를 못 낸다. 박이 광어 한 마리에서 몇 점 안 나오는 지느러미살 두 점을 덜렁 덜어 사내의 앞접시에 놔준다.

박이 데려오는 특별한 손님이란 노숙자거나 조금씩 장애가 있는 사람으로 대부분 남자다. 다른 손님처럼 사내도 세상의 모든 속도 경쟁에서 한 발짝 밀려난 사람처럼 보인다. 박이 광어회와 사내를 번갈아 쳐다보며 입맛을 다신다.

식사가 끝나고 송이 사내를 데리고 횟집을 나섰다. 박은 배웅만 하고 다시 횟집으로 돌아왔다. 수연이 민첩하게 테이블을 정리한다. 나는 수연을 보며 전화기를 들었다. 수연 대신 가게 일을 봐줄 사람을 미리 구해놔야 한다. 몇 달 전, 주방

일을 도운 아주머니에게 전화를 건다. 아주머니가 아이 핑계를 대서 주말 오후에만 일할 수 있냐고 물었다. 한참 대답이 없다. 수당을 더 쳐주겠다고 말하자 그때야 출근을 약속한다.

여기는 사람 구하기도 쉽지 않다. 그나마 어렵게 구한 사람도 한 계절을 못 채우고 그만두었다. 외진데다 버스도 잘 안 다녀서 일터로서는 조건이 안 좋았다. 행동이 느리고 게으른 아주머니가 탐탁지 않아도 불평할 처지가 못 되었다. 팔월이고 휴가철이라 주말 손님이 제법 올 것 같다.

바다로 먹구름이 짙게 드리운다. 우산꽂이 통을 횟집 입구에 세웠다. 얼마 안 있어 굵은 빗방울이 떨어진다. 연거푸 술잔을 비우던 박이 비틀거리며 자리에서 일어난다. 그는 여느 때와 다름없이 대리기사를 불러놓고 바다 쪽으로 나갔다. 가게 앞 좁은 도로 너머에 방파제를 겸한 축대가 있고, 그 사이로 넓적한 바위가 비집고 나와 있다. 바위 끝에서 가게 손님들은 담배를 피우거나 바지춤을 내리고 볼일을 본다. 나는 박이 도로를 건너와 차를 타는 것을 보고서야 카운터로 돌아왔다. 계산기 옆에 만 원짜리 지폐가 접혀 있다. 팁이다.

시설 사무장들 사이에 박에 대한 소문이 돌아다녔다. 무면허 의사인 게 들통나기 전까지만 해도 꽤 잘나가는 의사로 큰돈을 벌었다든가, 요양병원 바지 사장을 앉히는 컨설팅 일을 했는데 수완이 뛰어나 어설픈 병원 원장들이 먼저 손을 들이밀 정도였다든가, 근래엔 사무장과 짜고 불법으로 요양병원을 운영한다는 이야기까지 박에 대한 소문은 다양하다.

사무장들은 비아냥대면서 쑥덕거리지만 박의 능력이나 수완에 대해 부러워하는 눈치다. 다들 정보를 교환한다며 모이지만 실제로는 서로시로 감시하고 있는지도 모른다. 그들이 매월 지불하는 회식비는 가게 수입의 적지 않은 부분을 차지하고 있다.

박이 무슨 일을 하는지는 알 수 없다. 가게에서 사람들과 나누는 이야기를 들으면 일이 필요한 사람들에게 일자리를 소개해주고 관리하는 일을 하는 것 같다. 그것도 짐작일 뿐이다. 낯선 사람들이 횟집에서 박을 만나고 가지만 그들이 어디로 가는지, 무슨 일을 하는지에 대해서는 알려진 게 없다.

홀 안에 습기가 감돈다. 밖을 보니 해무가 밀려든다. 해무에 가려 밖에서는 가게가 보이지 않을 거다. 타일이 떨어져 나간 벽은 시멘트가 드러난 탓에 벽인지 구름인지 분간이 안 된다. 이런 날은 낮도 컴컴해 종일 전등 스위치를 모두 올리고 불을 밝힐 때가 많다. 바다와 맞붙은 탓에 집도 사람도 늘 눅눅하다.

종일 비가 그치지 않는다. 라디오를 켜고 귀를 기울인다. 폭우 경보와 함께 조업 금지령이 내려졌다. 이미 시멘트 방파제 너머까지 물이 들어와 가게 앞 도로로 물이 차오른다. 바람은 좀처럼 멈출 기색이 없다. 정박해 있는 어선들이 심하게 흔들려 보기만 해도 멀미가 난다. 파고에 황토색 속살을 훤히 드러내기 시작한 바다는 한바탕 굿판이라도 벌일 기세다.

수연이 처음 이도 횟집으로 오던 날도 비가 많이 내렸다. 매운탕이 많이 팔리던 날이었다. 일자리를 찾던 중 버스 정류장에 붙은 구인 광고를 보고 왔다고 했다. 고등학교 때 친하게 지내던 고향 후배 수연을 그렇게 우연히 만났다. 수연은 당분간만이라도 아버지가 있는 요양병원 근처에 일자리를 잡았으면 했다. 가게가 동네랑 외떨어진데다 근방에 마땅한 숙소가 없어서 가게 이층에서 수연과 같이 지내게 되었다.

마지막 손님이 나가자 홀이 비었다. 가게 문을 닫기엔 이른 시간이다. 날씨 탓에 손님이 더 들 것 같지는 않다. 오늘은 서비스로 나가는 매운탕 말고 우럭을 통째로 넣은 맑은 매운탕을 먹고 싶다. 수족관에서 우럭 한 마리를 건졌다. 맑은 육수에 단단하게 살이 오른 우럭을 넣는다. 쑥갓과 미나리를 올리자 맛깔스러운 매운탕이 되었다. 수연이 매운탕을 보더니 카운터 서랍에서 초를 꺼내온다. 분위기 있게 먹자는 거겠지.

"언니, 언제까지 할 거야? 장사 말이야."

수연이 한잔하자며 잔을 건넨다. 아버지 대신 가게 일을 한 지 벌써 이 년이 다 되어간다. 특별한 일이 생기지 않는 한 저절로 눌러앉게 될지도 모른다. 수연도 나도 당분간이라는 전제를 달고 여기서 시간을 죽이고 있는 건 마찬가지다.

여기로 오기 전에는 꽤 알려진 식품 유통회사에서 일했다.

입사하자마자 배운 건 이중장부를 만드는 거였다. 팀장은 중간에서 돈을 잘라먹기 위해 이중장부가 필요했고, 사장은 세금을 적게 내거나 안 내기 위해 따로 장부가 필요했다. 내가 하는 일 대부분은 가짜 서류를 만드는 거였다.

사장은 경기가 나빠지자 수입산을 국산으로 속여 유통했고, 나중엔 직원을 줄였다. 그래도 일이 잘 안 풀리자 사장은 사무실 운영비까지 줄였다. 몇 달 더 있어 봐야 달라질 것 같지 않아 사직서를 냈다.

"글쎄. 그만두면 뭘 해? 갈 데도 없고 딱히 할 일도 없는데."

"언니, 회 뜨는 거 싫잖아."

"그렇지 뭐. 어떤 놈은 자기의 마지막을 아는 것 같아. 목을 치기도 전에 등뼈가 우는 게 손끝에 전해져."

말은 그리해도, 그 이유로 횟집을 떠나야겠다고 생각한 적은 없다.

"체크무늬 재킷을 입고 다니는 사내 말이야. 요양병원 사무장 송이지?"

"한데 왜?"

"그 사람, 마을 노인들을 모집해 간다는 소문이 있었어. 환자 앞으로 나오는 정부 보조금 때문인가 봐."

가끔 회를 뜨고 남은 탕거리로 매운탕을 한 솥씩 끓였다. 경로당으로 가져가거나 혼자 사는 노인을 찾아가 한 그릇씩 돌렸다. 몇 차례 다니다 보니 안면이 있는 노인이 꽤 생겼다.

그런데 올 초부터 하나둘 안 보이는 노인이 많아졌다. 세상을 떠나기도 했지만 자식네로, 요양병원으로 거처를 옮겨갔을 거다.

"박을 만나러 온 사람들 말이야. 일자리 구한다며 왔잖아. 다 어디로 갔을까?"

수연이 테이블 가까이 의자를 바짝 당겨 앉아 나도 모르게 그만큼 뒤로 의자를 뺐다.

"손님들 일에 대해선 잘 몰라."

박이 가게에 드나들 때부터 대략 일이 어떤 식으로 흘러가는지 어렴풋이 짐작되긴 했다. 그동안 박이 흘린 이런저런 말들을 엮어본 결과가 그랬다. 박에게 지나가는 말로도 물어본 적은 없다. 아버지 때문이다.

둘이 마시는 술이라 술잔이 빨리 돌았고, 취기가 올랐다. 뾰족한 결론 없이 이야기가 끝났다. 하기야 딱히 더 할 이야기도 없었다. 이층으로 올라왔다. 눈을 감았지만 쉬 잠자리에 들지 못했다. 지나간 시간이 불을 켜고 문을 열었다. 거친 손등, 볼에 큰 점이 있던 칠십대 초반의 남자가 떠오른다. 봄에 와서 전어회를 찾던 사람이다. 박이 일터를 소개해주었다고 자랑하며 가을에 다시 오겠다던 그는 오지 않았다.

며칠 연이어 비가 내린다. 주말에는 태풍이 올 거라는 예보가 있었다. 주방 아주머니는 출근 약속을 지키지 않았다. 다음 주부터 오겠다는 문자만 달랑 보냈다. 아주머니에게 곧바로 전화했다. 싫은 내색 없이 안 나와도 된다고 말하자 아주머니가 전화를 툭, 끊어버렸다. 혼자 할 수 있다고 마음을 다잡았다. 좀 더 부지런히 움직이면 될 일이다. 물병에 생수를 채우는데 손님이 들어온다. 박과 사무장 송이다. 광어회와 회덮밥을 주문한다.

뜰채를 수족관 깊숙이 넣는다. 갯장어가 날카로운 송곳니를 숨기고 몸을 뒤척인다. 한 마리 남은 돌돔은 바닥에 배를 붙인 채 꼼짝하지 않는다. 눈치 빠른 놈. 물을 갈 때만 해도 지느러미를 펼치며 돌아다니던 놈이다. 수족관을 자세히 들여다본다. 가자미가 곁눈질로 주의를 흘끔거린다. 성질 급한 우럭이 숨을 할딱인다. 배에 난 상처가 더 커지기 전에 회든 매운탕이든 팔아야 한다. 나는 녀석을 눈여겨봐둔다. 오른쪽 바닥에 붙어 있는 광어에 뜰채를 붙였다. 죽은 척하기에 슬쩍 등을 건드린다. 녀석이 달아나지만 수족관을 두 바퀴도 돌기 전에 잡힌다.

면장갑을 끼고 미리 고른 칼을 도마 위에 올린다. 준비한 육수에 매운탕 재료를 올리고 칼갈이에서 막 나온 칼끝으로 광어의 목을 쳤다. 가시와 살을 실수 없이 갈라 회를 떴다. 박의 취향대로 평소보다 도톰하게 뜬다. 그래야 씹는 맛이 난다. 접시에 광어 살을 올려놓는다. 파슬리와 얇게 저민 레몬으로 장식해서 한쪽으로 밀어둔다. 남은 횟감으로 회덮밥에 쓸 회를 장만한다.

박이 술을 주문한다. 나는 쟁반 위에 맥주와 잔을 올리고 홀로 나갔다. 상을 차리는데도 둘은 말을 끊지 않는다.

"일터를 찾는 사람이 있는데요."

"그래? 미꾸라지처럼 빠져나가지 않도록 잘 데려와. 식사나 한번 하자고."

"예, 조만간 이도로 데리고 오지요."

두 사람은 직장 동료끼리 점심을 먹으러 나온 사람들처럼 서로 음식을 권하며 수저를 든다. 나는 카운터에 앉아 상에 나간 음식과 술값을 메모해둔다. 연이어 맥주 두 병과 소주 한 병을 주문한다. 오늘따라 식사 시간이 길다.

"김 씨 말인데요. 빌려 간 돈을 제때 못 준다는데요. 어쩌죠?"

"할 수 없지. 거기로 보내야지."

박이 짧게 대답한다. 송도 예상했던 답이었는지 그저 고개를 끄덕인다. 송이 매운탕을 다시 데워달란다. 주방으로 자리를 피해달라는 뜻인 것 같았다. 카운터에서 일어나 상 위의 뚝배기를 집어냈다.

카운터와 주방을 오가면서도 내 두 귀는 손님들에게 열려 있다. 무슨 말인지 알 수 없지만 대화 중간에 선장, 이라는 말이 들려왔다. 벌써 취했는지 두 사람의 목소리가 갈라졌다.

"흐린 날씨 탓인가. 선장이 생각나네요."

"이 수박도 좀 먹어. 우리 왔다고 특별히 준 건데."

"선장은 일도 잘했는데."

"속이 노란 수박 먹어봤어? 망고 수박이라고. 크기가 자네 머리통 반만 해. 워낙 작아서 한 번에 먹을 수 있지."

"사장님도 참."

송은 박이 뜬금없이 건네는 수박을 받아 들고는 입을 다문다. 박은 연거푸 술을 들이켰다.

"선장은 왜? 배 타고 나갔잖아. 자네도 타고 싶어?"

"아, 아닙니다. 전 멀미가 심해서요."

어긋나던 대화가 잠깐씩 끊긴다. 그러다 누가 먼저랄 것도 없이 서로의 잔을 채운다. 시간이 갈수록 말은 줄고 빈 술병만 쌓인다. 어쩌다 이어지는 이야기도 맥락을 잃은 지 한참이다. 취기를 못 이긴 송이 먼저 일어난다.

박이 손을 흔들더니 입구까지 송을 따라 나간다. 나는 카운터에서 비틀대며 걷는 두 사람의 뒷모습을 바라본다. 박은 송이 보이지 않을 즈음 가게 안으로 다시 들어온다.

"흰자위에 핏줄이 섰네. 표정이 안 좋은데 무슨 일 있어?"

박이 검지로 내 턱밑을 쓸었다. 박의 손길에 흠칫 뒤로 물러섰다. 나는 어금니를 문 채 그의 얼굴을 내려다보았다.

"아버지, 어디 있나요?"

"그걸 왜 나한테 물어. 왜? 일하기 싫어? 아직 갚을 게 많을 텐데."

박에게 대들려다 입을 닫았다. 박의 송곳니가 날카로워 보인다.

아버지는 주식에 손을 대는 바람에 빚이 많았다. 은행 빚으로 횟집이 넘어갈 때 박에게 돈을 빌렸다는 말을 들었다. 그걸 갚으려고 아버지가 애를 쓴 건 나도 아는 일이다. 박의 일을 봐준다는 이야기도 설핏 들었다.

"사람마다 원하는 게 달라. 자기의 모든 것을 던져서라도 붙잡고 싶은 게 있지. 선장이 원한 건 배를 계속 타는 거였어. 그런 선장이 뱃일하다 끌채에 부딪혀 눈을 못 쓰게 되었더라고. 배를 못 타면 죽은 목숨이라고 날 찾아왔더군. 내가 해줬어. 한쪽 눈 말이야."

"그만 들어도 되죠? 이미 여러 번 들은 이야기인데."

"넌 다행이야. 아버지를 닮지 않아서. 네 아버진 쓸데없이 정이 많잖아."

박이 실눈으로 나를 흘낏 보더니 앉았던 테이블로 가서 가방을 들고 나왔다. 한잔 더 하려고 했는데 그만 가야겠다며 못마땅한 표정으로 출구로 걸어 나갔다. 나는 박의 뒷모습이 사라지기 전에 가게 문을 힘껏 닫았다.

아버지가 박과 무슨 거래라도 한 걸까. 모호한 그림이 물음표를 달았다. 중학교를 졸업할 즈음 아버지가 집을 나갔다. 애꾸눈이 될 거라고 매일 술을 들이붓던 아버지였다. 한동안 소식이 없던 아버지가 어느 날 집으로 들어섰다. 걱정했던 아버지의 눈은 온전했다. 바다에서 용왕을 만났는데 소원을 들어주었다고, 농담까지 흘렸다. 그해 아버지는 할아버지가 물려준 땅을 모두 팔았다. 내가 태어난 단층집을 허물고 그 자리에 삼층 건물을 짓고 이도 횟집이란 간판을 달았다.

박이 머문 테이블을 그대로 두고 자리에 앉았다. 머릿속이 덤불처럼 복잡하다. 외출했던 수연이 가게로 들어온다. 어수선한 홀 분위기를 감지했을 텐데 한마디도 묻지 않는다. 이런 기분일 때는 대답하는 것조차도 괜한 번거로움이란 걸 아는 것 같았다.

자기 전 수연이 나를 찾았다. 무슨 일인지 슬그머니 마음이 쓰였다.

"아버지가 온유 요양병원에 계실 때 거기서 언니 아버지를 만났대."

"온유라고?"

"응. 언니 아버지가 횟집과 요양병원을 오가며 무슨 일을 하는 것 같더래."

"아버지가?"

"장사는 안 하고 요양병원에 붙어산다고 동네 노인들이 수군댔대."

"거기에 지인이 있었겠지."

"그럴 수도 있겠지만."

수연은 하고 싶은 말이 있는데 말을 아끼는 것 같았다. 궁금했지만 굳이 물어보지 않았다. 내일 온유 요양병원에 들러 보아야겠다. 온유에 가면 아버지의 소식을 들을 수 있으리라는 기대감이 설핏 들었다.

아침 일찍 수연이 약속이 있다며 외출 준비를 서두른다. 장 본다는 핑계로 수연과 함께 나섰다. 수연을 버스 터미널에 데려다주고 곧바로 요양병원으로 차를 몰았다. 내비게이션을 켜고 간 온유는 텅 빈 채 문이 닫혀 있었다. 근처에 허름한 편의점이 보여 주인에게 요양병원 상황을 물었다. 주인 말로는 운영이 어려워져 몇 달 전에 폐업 신고를 했단다. 환자들은 다른 요양병원으로 옮겼을 거라고 했다.

편의점에서 그냥 나올 수 없어서 쓸 만한 물품 몇 가지를 손에 잡았다. 무뚝뚝하던 주인의 목소리가 금세 친절해졌다.

"거기 사정은 나보다 동생이 더 잘 알 거요. 거기 있었거든요."

물건값을 치른 뒤 주인에게 지폐 두 장을 따로 쥐여주었다. 주인이 가게 선반에서 메모지를 꺼내 동생 연락처를 적어 건넨다. 나는 차로 돌아와 전화를 걸었다.

벨이 여러 번 울리고서야 겨우 연결이 된다. 동생이란 사내는 대화가 곤란할 정도로 말이 어눌하다. 같은 질문을 반복해서 물어도 맥락과 상관없이 자기 말만 되풀이한다. 자기는 배를 타고 바다에 있었다고 한다. 미루어 짐작하면 조업을 했다는 거다. 어디서 생활했는지, 다른 사람은 누가 있었는지 물어도 답을 못했다. 대답을 회피하는 건지, 질문을 이해 못하는지, 거기 상황을 제대로 파악할 수 없는 위치에 있었는지, 어느 것 하나 명확하지 않았다. 아버지의 소식은 모른 채 돌아설 수밖에 없었다.

거친 바람 소리에 잠이 깼다. 수연에게서 문자가 와 있다. 오늘 밤, 못 들어가. 비가 너무 많이 와. 나는 문단속을 하려고 아래로 내려갔다. 주방 창문을 잠글 때 창밖으로 무언가 휙, 지나갔다. 어둠 속이라 잘 보이지 않았다. 나는 이층으로 올라갔다. 베란다 창이 휑하다. 창문 한 개가 사라졌다.

뚫린 창으로 비바람이 들이닥쳐 유리 파편이 어지러이 흩날렸다. 유리를 줍는데 벽에 걸린 액자가 날아와 서너 발치 앞에서 떨어졌다. 방으로 들어가 침대 한쪽에 앉았다. 귀를 막아도 바람 소리가 떠나지 않는다. 핸드폰이 울렸다.

"언니, 거기 괜찮아?"

"뭐가?"

"바람이 무섭게 부네. 모든 게 다 날아가버릴 것만 같아."

"여기도 다르지 않아."

바람에 날린 물건들이 어딘가에 부딪히는 걸까. 요란한 소리가 들린다. 전화기 너머인지 가게 밖인지 분간이 되지 않는다. 수연도 나도 날카로운 소음에 귀를 세우고 있다. 수연이 말이 없어 전화를 끊으려는데 언니, 하고 나를 부르는 목소리 사이로 흐느낌이 새어든다.

"언니, 우리 아버지, 사실은 요양병원에 안 계셔."

"그럼?"

"아버지가 요양병원에서 퇴원하는 날, 굳이 날 못 오게 했어. 횟집에서 약속이 있다는 말을 들었는데 그 뒤 연락이 끊겼어. 언니 횟집일지도 몰라."

"횟집이 여기밖에 없겠어?"

"온유에서 아버지랑 한방을 쓰던 사람을 만났는데 그 횟집에 가면 안 된대."

"왜?"

"횟집 주인이 일자리를 연결해주었다는데 돈도 제대로 못 받고. 당한 사람이 한둘이 아닌 것 같아."

아닐 거야. 나도 모르게 고개를 가로저었다.

"횟집 소개로 일하러 나간 뒤 소식이 끊긴 사람이 많대."

전화기 너머로 들리는 수연의 흐느낌이 바깥의 소음을 삼켜버릴 것 같다. 수연이 횟집에 그냥 머무는 게 아니었다. 아버지의 행적을 찾아 여기까지 들어왔는지도 모른다.

"언니, 그 횟집이 이도라면, 언니도 안전하지 않아."

귀를 기울여도 다음 말이 잘 들리지 않는다. 바람이 많이 분다고 바다에 나가지 말라는 것 같다. 수연은 모래사장에 세워진 이안류 표지판을 들먹이며 조심하라고 당부하고는 전화를 끊었다.

이안류, 그 말을 처음 들은 건 열네 살 여름이다. 혼자 바다로 나간 날, 개 한 마리가 등을 보인 채 앉아 있었다. 길게 처진 귀, 말랑말랑한 콧등, 갈색 털을 가진 개였다. 물수제비를 뜨는데 녀석이 다가와 내 팔에 다리를 쓱, 올렸다. 나는 별생각 없이 근처에 있던 막대를 힘껏 던졌다. 녀석이 바다 쪽으로 달려가서 막대를 물고 왔다. 막대 놀이를 되풀이하는데 키 큰 아저씨가 와서 녀석을 불렀다. '하루'라고.

바다에 가면 가끔 하루를 만날 수 있었다. 그날도 평소처럼 막대를 던졌다. 헤엄을 칠 줄 아는 녀석이니 막대를 물고 곧 밖으로 나올 거라 믿었는데 나타나지 않았다. 하루가 사라졌다는 걸 깨달았을 때는 이미 파도가 녀석을 데려간 뒤였다. 뒤늦게 온 아저씨가 하루를 찾으려고 했지만 소용없었다. 아저씨가 이안류라며 두 손으로 얼굴을 훔쳤다.

이틀 연이어 날이 흐리다. 안개마저 짙게 깔렸다. 인기척에 문을 열고 밖을 내다봤다. 아무도 지나가지 않는다. 쓰레기통이 바람에 쓸려 다니는 소리다. 바람에 입구 문만 쉴 새 없이 덜컹거린다.

창문 걸이쇠를 확인하는데 비바람을 헤치고 누군가가 오고 있다. 검은 바짓단이 바람에 아무렇게나 날렸다. 걷는 모습이 낯설지 않다. 잠시 후 문을 흔드는 소리가 계단을 타고 올라왔다. 곧이어 문을 열라는 고함이 들려왔다.

박이었다. 일층으로 내려왔을 때는 이미 그가 홀에 들어와 있었다.

"온유 요양병원엔 왜 간 거야?"

박이 보란 듯이 열쇠를 흔들며 냉장고로 간다. 소주 두 병을 꺼내 자리에 앉는다.

"어떻게 열쇠를?"

"그렇게 노려보지 말고 같이 한잔해."

웃음을 흘리며 말했지만 협박이나 마찬가지다.

"알면 다쳐."

아버지와 박에 대해 궁금한 점이 있어도 박에게 섣불리 묻지 않았다. 때로는 우물 안이 안전막이 되기도 하니까.

"도대체 뭘요?"

"그게 뭐든, 알려고 하지 마."

박이 얼굴을 들이밀고 경고하듯 말했다. 그러고는 동네 단골손님처럼 표정을 누그러뜨리며 안주를 청한다.

대답 대신 주방으로 가서 팔다 남은 회를 내어왔다. 박이 내게 잔을 건넨다.

"지금 주거침입죄라는 거 아시죠?"

"명의만 선장 거지, 이 가겐 내 거나 마찬가지야. 네가 대신 갚기 전까지는."

나는 박이 건넨 술잔을 들었다. 술이 목젖을 타고 내려갈 때 창밖으로 개의 그림자가 지나갔다. 박이 연이어 술을 들이켠다. 시간이 흐르는 만큼 박의 눈빛도 흐려진다.

"네 아버지가 내 어장을 관리해줬지. 많은 일을 함께했어. 나중엔 그게 불편해지더라. 뭐든 오래 하면 문제가 생기기 쉽거든."

박의 의도가 무엇인지 헤아리다 입을 닫고 말았다.

"넌 너의 일을 해. 난 나의 일을 할 거니까. 여기가 마음에 들어."

"무슨 일을?"

"세상의 눈을 피하기 좋은 곳이거든."

"아버지는 어디 있어요? 살아 있기나 한 거야?"

입안에서 맴돌던 말이 밖으로 튀어 나갔다.

"내가 어떻게 알아? 배 타고 바다에 나간 사람을."

박이 나를 빤히 쳐다보며 말을 이었다.

"선장은 내 일에 대해 너무 많이 알아. 그게 탈이었어."

"그래서요?"

"궁금하면 매운탕 좀 가져와. 한잔 더 하게."

박이 취기가 오르는지 손으로 앞머리를 헝클어댄다. 소주 세 병이 순식간에 비었다. 매운탕이 아니어도 자리를 뜨고 싶은 참이다. 박과 너무 오래 앉아 있었다는 생각에 일어나 주방으로 갔다.

문이 덜컹거리고 빗줄기가 벽을 친다.

냉동실에서 매운탕 재료 한 봉지를 꺼내 뚝배기에 던진 뒤였다. 밖에서 유리창 깨지는 소리가 들려 급히 나갔다. 비틀대며 따라온 박이 수족관을 가리켰다. 강풍에 간판이 떨어져 수족관을 덮쳤다. 깨진 수족관 사이로 물고기들이 튀어 오른다. 유리 조각들이 고기들과 뒤섞여 빗물에 휩쓸려 갔다. 모두 엉망이었다. 손을 못 댈 정도로.

수족관 구석에 미처 달아나지 못한 갯장어 한 마리가 보인다. 수분만 있으면 물 밖에서도 사는 녀석이다. 박과 갯장어를 번갈아 보았다. 장어가 송곳니를 드러내며 몸을 비튼다. 몸통과 머리를 분리해도 머리를 쳐들고 공격하는 놈이라 숨이 끊어지려면 아직 멀었다. 모질다.

바닥에 떨어진 기포 통이 장화에 차였다. 조각난 수족관 유리 위로 앞치마를 두른 내가 보인다. 곧 금이 가서 완전히 내동댕이쳐질 것이다. 이제 박에게 아버지의 안부를 물을 필요가 없다는 생각이 든다.

"뭐 해? 매운탕 다 졸겠네."

박이 젖은 머리카락을 털며 중얼거린다.

나는 주방으로 자리를 옮기고 반쯤 열린 창문을 닫았다. 선반 위가 휑하다. 선반을 차지하던 종지와 컵들이 바닥으로 다 떨어져 있다. 강풍이 불 때마다 되풀이되는 일이다. 그릇들을 주워 소쿠리에 엎어놓았다. 박이 흥얼거리는 소리가 비바람

소리에 섞여 간간이 들려온다.

양념 타는 냄새가 난다. 찌개를 불에 올려둔 걸 잊고 있었다. 가스 불을 끄고 홀을 내다본다. 인기척이 없다. 주위를 둘러보니 박이 보이지 않는다. 매운탕이 든 뚝배기를 들고 주방에서 나왔다. 뚝배기 열감이 손으로까지 느껴진다. 화상을 입을 만큼 뜨겁다. 박이 있던 창가 자리에 냄비를 놓았다.

박이 여태 오지 않는 걸 보면 잠시 자리를 비운 게 아닌 것 같다. 취하면 바다 주위를 어슬렁거리는 박의 습관이 떠오른다. 창 너머로 박의 뒷모습이 보인다. 바위 끝에 박이 서 있다. 담배를 피우는지 움직이질 않는다.

검은 구름이 깔린 해변에 파도가 솟구친다. 바다가 허옇게 뒤집히며 파도의 방향이 바뀌는 게 예사롭지 않다. 나는 창으로 바짝 몸을 숙이고 바다를 주시했다. 바다로 해무가 몰려온다. 해안 쪽으로 밀려오던 파도가 반대 방향으로 움직인다. 물살이 한곳으로 모이더니 빠른 속도로 바다로 빨려 들어간다. 흰 포말을 두른 파도가 해안가로 연이어 밀려든다. 너비가 큰 파도가 박이 서 있는 바위를 훑으며 부서진다. 해무 사이로 박의 등이 언뜻 보인다.

짙은 먹구름이 바람에 쓸려 회색 바다를 지나간다. 물살이 점점 거칠게 변한다. 방파제를 넘어온 물이 길가까지 뻗쳐온다. 파도의 높이가 예사롭지 않다. 모든 걸 삼키고도 남을 기세다.

나는 바다에서 시선을 거두었다. 테이블을 바라보다가 의자의 물기를 닦고 앉았다. 매운탕을 테이블 중앙으로 끌어당기고 수저를 들었다.

이안류의 평등

이철주(문학평론가)

1

언제부터인가 '평범함'은 더 이상 보통의 비근한 삶과는 어울리지 않는, 어딘가 기이하게 뒤틀린 말이 되고 말았다. 오직 소수에게만 허락된 희소한 삶과 그 가치를 겸손하게 일컫는 이 배타적 수사의 아이러니는, 수없이 배제되고 낙오된 삶과 그 상처로부터 스스로의 목소리를 낼 수 있는 마지막 기회마저 앗아버린다. '평범함'이란 이 예리하고도 무구한 선 안에 들어서기 위하여, 상처 하나 없이 무탈하고 무던한, 실패도 그늘도 모르는 삶을 손에 넣기 위하여 모든 것을 계획하고 통제하며 그 텅 빈 맹목 속으로 자신과 세계를 있는 힘껏 밀어 넣는다. 간혹 부끄러움이 찾아오겠지만 책임질 수 있는 것들의 목록 안에 모든 것을 구겨 넣으며 온 힘을 다해 잊는다.

부끄러움을 인정하게 되면 정말로 끝일까 봐, 다시는 일어설 수 없을까 봐, 수치스러운 지금이라도 조금 더 붙들고 싶은 마음에 결국 그렇고 그런 어른이 된다. 평범함의 영광도 낙오자의 낙인도 모두 개인의 몫으로만 돌리며, 적대와 고립으로 얼룩진 막다른 골목을 정신없이 질주해 간다. 그러나 이 맹목의 질주도, 끝 모를 가속의 태연함도 삶의 복잡한 경계를 만나 방향을 잃고 헤매다 보면, 부정해온 심연 속으로 모든 것을 빨아들이는 마음의 "이안류"(離岸流·Rip Current, 「팔월의 이안류」)를 만들어내기도 한다. 임은영의 소설은 이 치명적 이안류를 맹목의 동력 내부로부터 발생시키기 위해 사려 깊게 고려되고 배치된 문장의 해안선들이다. 그의 문장은 이안류가 만들어내는 격렬한 카타르시스가 아니라, 이제 막 그 내부로부터 소용돌이치는 이안류의 기미를 위해, 그 위태로운 경계 속에서만 불현듯 선명해지는 망각된 삶의 감각과 그 진실을 위해 바쳐진다.

부정해온 생의 진실이 일시에 모든 현재를 멈춰 세우는 생의 이안류, 혹은 소설적 진실에 대한 임은영 소설의 믿음은, '평범해지고 싶다'는 말에 숨어 오래도록 외면해온 우리 안의 여리고 훼손되기 쉬운 마음과 그 이름들에 뼈와 살을 부여하고 혈관을 뿌리내려 그 맥동과 온기로 생생히 살아 숨 쉬게 만든다. 격렬히 요동치던 바다도 오래지 않아 평온을 되찾고 결국 무슨 일이 있었냐는 듯 고요해지고 말겠지만, 이안류의 초대로부터 누구도 무엇도 영원히 자유로울 순 없으리라는 확고한 자각과 믿음이 지금과 다른 세상과 내일을 꿈꾸게 한다.

2

임은영의 문장이 만들어내는 마음의 이안류는 기본적으로 부끄러움을 그 공통된 기저로 삼고 있지만, 그 한 겹 밑바닥에는 조금만 방심해도 기어코 일어나고야 마는 필연적 불행에의 두려움이 이안류 내부의 이안류가 되어 흐른다. 전자가 맹목적 삶의 질서를 멈추어 세우는 부끄러움의 감각에 초점을 둔다면, 후자는 어떻게 해도 도저히 손쓸 수 없는 절대적 삶의 실재와 그로 인해 촉발되는 원초적 불안감에 주목한다. 이안류의 두 흐름은 얼마쯤 상반된 것처럼 보이기도 하지만 실제로는 서로 긴밀히 조응하며 하나로 흐르는데, '부끄러움'은 불행을 피하기 위해 선택한 타협적 행위들로 인해 촉발되며, '부끄러움'에 대한 응시는 궁극적으로 이 절대적 실재로서의 삶에 대한 성찰과 응시를 요청한다.

일례로 「오해의 기하학」을 이끌어가는 핵심 서사는 부끄러움의 발견이지만, 이는 "누군가 뒤따라오는 것 같"(9쪽)은 불길한 느낌과 "화단 앞에서 어슬렁거"(17쪽)리는 그림자, "그치지 않는 고함"(17쪽), 망가진 "차량 차단기"(13쪽) 등 일련의 적대적 행위와 그것이 불러일으키는 불안의 기미들로 점철되어 있다. 외부의 폭력에 노출되어 있다는 불안감은 화자를 더 방어적이고 폐쇄적이게 만든다. CCTV로 모두를 의심하며 관찰하고, 본 것과 보았다고 믿는 것 사이에서 뒤엉키고 흔들린다. 세입자들에게 자신이 입은 손해에 대한 비용을 전액 청구하고, 억울하게 찾아온 이 적대적 폭력의 이안류에 절대로 순순히 끌려 들어가지 않겠다며 가시를 잔뜩 세운다.

이 폐쇄적 서사는 세입자 '제이'에 의해 가까스로 변화를 맞이하게 된다. 제이는 고등학교 시절 화자가 학교폭력으로 고발한 적이 있었던 불어 교사 P의 사촌 동생으로, 그의 증언에 의해 제이, '사내', '나', 'P' 모두 의도치 않은 오해로 얽힌 가해자, 혹은 피해자였음이 드러나게 된다. '나'는 허언증을 앓던 친구 해진의 말을 확인도 하지 않은 채 P를 학생과 부적절한 관계를 맺었다며 고발했었고 이로 인해 P는 모든 것을 잃어야만 했다. '사내'는 오토바이 배달 도중 제이를 경찰로 오해해 과속을 하다 사고를 낸 인물로, 징역살이에 가족과의 이별 등 사고로 자신이 감당해야만 했던 모든 불행의 책임을 제이에게 물으려다 '나'를 제이의 아내로 착각해 소란을 일으켰던 것이다.

소설은 이처럼 지극히 사소한 사건과 행위들이 어떻게 "의

도와 관계없이 어떤 일이 일어나고, 오해의 고리에 얽"(27쪽)여 돌이킬 수 없는 파국으로 이어질 수 있는지 찬찬히 들려준다. 어찌할 수 없는 절대적 삶의 실재가 '오해의 기하학'이 만들어낸 '불안의 이안류'로 형상화되고 있다면, 자신 역시 그 가해자였음을 깨닫게 되는 일련의 사건과 계기는 '부끄러움의 이안류'로 형상되어 화자를 그 중심으로 강력히 끌어당긴다. 비록 화자는 제이의 집을 나오사마자 "현관문을 급히 닫"(29쪽)아버림으로써 이를 부정하는 듯한 모습을 보이지만, 소설은 오직 '부끄러움'만이 남은 이안류의 시간 속에 인물과 독자를 오롯이 세워둠으로써 그 참담한 침묵이 스스로 말을 건넬 때까지 견디고 기다린다.

「야행」의 서사 역시 불안의 이안류와 부끄러움의 이안류가 만들어내는 힘의 역학 사이에서 흘러간다. 어린 시절 아버지로부터 버림받았으며 그로 인해 부모의 손길이 필요했던 순간, 자신은 늘 혼자였다는 자각은 화자로 하여금 자신도 모르게 늘 긴장과 불안, 두려움 속에서 살아가게 한다. 어린 시절 돈독했던 친구 용하와 선배에 대한 태도도 이와 같은 감정적 허기로 인해 점점 방어적으로 변해가게 된다. 그렇게 불행에 끌려 들어가지 않으려 온 힘을 다해 자신의 경력을 꾸리고 있을 즈음, 이제는 심해의 어둠으로부터 어느 정도 벗어났다고 간신히 믿기 시작할 무렵, 돌연 용하의 부고 소식을 듣게 된다.

무엇에든 진심으로 생각하고 행동했던 용하는, 대학 시절

부터 아버지 병원비며 여동생 용돈에 생활비까지 온갖 책임감에 짓눌려 살면서도, 자신에게 결코 호락호락하지 않았던 세상을 늘 긍정하던 아이였다. "잘 변하지 않지만 저절로 변하는 건 없"다고, "결국 인생은 자기 몫"(96쪽)이라며 시장과 세상의 말을 그대로 반복하면서도, 절대로 자기 자신만을 위해 살지 않았다. 아르바이트를 두 탕이나 뛰면서도 시간을 쪼개 노인들을 위한 야학일을 했고, 직장 후배가 어떤 불량배 무리로부터 얻어맞고 있자 이를 구해주려다 그만 사고로 이어져 목숨을 잃게 된 것이다.

어느 날 용하가 불쑥 결혼할 사람이 있다고 말한 것이 화자가 그에 대한 감정을 서둘러 정리하게 된 직접적인 이유가 되었다고는 하지만, 화자가 용하에게 느끼는 서먹한 감정의 근원은 그가 오래도록 부정해온 과거의 자신을 끊임없이 떠올리게 했기 때문일 것이다. 생존을 위해 꿈 같은 건 일찍 포기해버린 '나'와 달리, 용하는 꿈을 좇아 경영학과에서 문예창작과로 전과까지 했었고, 공사판에서 막일을 하면서도 시 쓰는 걸 결코 포기하지 않았다. 오래전 용하네 집에서 잃어버렸던 머리핀 역시, '나'에게는 가족을 버린 아버지를 떠올리게 해 그저 버리고 싶은 물건에 지나지 않았지만, 용하는 그것마저도 소중히 간직하여 '나'에게 돌려주려 했다. 그러니 "하루하루가 팍팍하고 내일은 알 수 없고, 주위를 살필 겨를이 없었"(94쪽)다는 화자의 말은, 살아남기 위해 부정해온 그 모든 순수했던 시절을 이제는 도저히 마주할 자신이 없다는, 어딘가 조금 어긋난 고백이자 서글픈 변명처럼 들린다.

「야행」역시「오해의 기하학」과 다소 유사한 결말을 보여준다. 긴 우회를 거쳐 마주하게 된 부끄러운 진실 앞에서 화자는 "라디오 볼륨을 높"(101쪽)이며 마음의 문을 또 한 번 굳게 걸어 잠근다. 이 이상 흔들리지 않도록, 지금껏 싸우고 견뎌온 시간이 히망해지지 않도록 귀를 막은 채 안간힘을 쓰며 버틴다. 주의해야 할 것은 화자가 거부하는 것이 '부끄러움'이 아니라, 여전히 "귀를 막아도 들려오는 숲의 소리"(101쪽)이자 예고 없이 닥쳐올 불행의 감각들이라는 점이다. 화자는 용하가 불러일으킨 마음의 이안류를 따라가며 오랫동안 잊어온 마음의 세계와 다시 마주하지만, 버티고 견뎌야 할 절대적 실재로서의 삶과 그 무게를 온전히 응시하지 못한 채 무너져 내린다. 임은영의 소설은 '부끄러움'에의 응답이 무엇을 감당해야 하고 어디에서부터 다시 출발해야 하는지를 '불안'이 자라나는 심연의 중심과, 이로부터 뻗어나가는 이안류의 빨려 들어갈 듯한 호흡으로 선명히 보여준다.

3

이처럼 이번 소설집에 수록된 작품 중, 부끄러움에 대한 성찰과 불안에의 응시가 함께 강조된 서사들에서는 인물의 적극적인 의지나 저항적인 태도가 상대적으로 잘 드러나지 않는 편이다. 반면 두 마음의 이안류 중 어느 한쪽에 좀 더 강조점을 둔 일련의 서사들에서는 인물의 능동적인 목소리가 더 두드러지게 나타나는데, 먼저 부끄러움에 주목한 경우부터 살펴보면 다음과 같다.

「블랙 잭나이프」는 아버지를 끝까지 돌보지 못했다는 죄책감에 사로잡혀 살아가는 인물의 이야기이다. 화자 '나'는 불미스러운 사건에 휘말려 어린이집을 그만둔 후, 아버지와 캠핑장을 운영하며 살아간다. 그러나 태풍으로 모든 것을 잃고 아버지마저도 거동과 인지력에 문제가 생기는데, 오빠는 경제적 지원을 핑계로 아버지 돌봄을 전적으로 '나'에게 떠넘겨 버린다. 이후 화자의 삶은 점차 질식할 듯 위축되어간다. 사귀던 사람과도 헤어지고 '나'를 나로서 지탱해줄 어떤 것도 제대로 작동하지 않게 되자 결국 더 버티지 못하고 도망쳐 나온다. 일 년 후 다시 돌아오지만 그때는 이미 아버지가 세상을 떠난 후였다.

이후 화자는 청소 용역 일을 하며, 의미도 희망도 없이 이곳저곳을 전전하며 살아간다. 누군가의 집을 치우고 돌보되, 끝까지 책임지진 않는, 자신의 훼손된 '과거'를 무한히 반복하며 '상처'로부터 단 한 걸음도 나아가지 않는다. 화자는 늘 아버지의 잭나이프를 지니고 다녔는데, 이는 아버지가 유일하게 부탁해 화자가 직접 해외 주문까지 했던 물건으로 비극이 일어나기 이전, 손상되지 않은 삶의 순간들을 상징한다. 잠깐의 부주의로 잭나이프를 잃어버린 화자는 이를 되찾으려 자신이 청소했던 집에 다시 방문하게 되는데, 이 집엔 자신의 힘으로는 어떤 것도 할 수 없는 "잠자는 공주"(52쪽)와 병든 아내에게 지극히 무심한 남자, 그리고 여자를 오직 돈벌이 수단으로만 생각하는 간병인이 거주한다.

아무도 주인 여자를 한 명의 사람으로조차 생각하지 않는 모습을 보며, 화자는 홀로 외로이 누워 자신의 손길을 기다렸을 아버지를 떠올린다. 그런 화자에게 여자는 그때의 아버지와 똑같이 다만 기다리겠다는 말만을 남긴다. 그 목소리가 "멈추지 않는 딸꾹질"(53쪽)처럼 절대로 사라지지 않을 부끄러움이 되어 영원히 마음속 깊이 각인될 것임을 화자는 운명처럼 깨닫는다. 가릴 수도 숨길 수도 없던 부끄러운 마음과 기억들이 생의 이안류가 되어 자신을 깊숙이 끌어당기는 그 순간을, 그러나 동시에 어딘가 포근히 끌어안는 듯했던 그 서글픈 감각을 화자는 어떤 변명도 저항도 없이 묵묵히 받아들인다.

「자정의 질주」는 좀 더 적극적인 응답을 보여준다. 화자는 필리핀인 어머니와 한국인 아버지 사이에서 태어난 다문화가정 출신 여성이다. 어머니는 화자가 열두 살 때 미안하다는 말만 남긴 채 필리핀 외가로 도망치듯 떠났고, '나'는 다문화 지원센터에서 일하며 이런 자신과 비슷한 어려움을 겪고 있을 사람들을 돕고자 한다. 그러나 아무리 노력해도 혼자만의 힘으로는 어찌할 수 없는 한계 역시 분명히 느끼는데, 급기야 수강생들의 취업을 도와주던 연인 '장'이 수강생들을 불법적으로 팔아넘기고 있었다는 사실을 알게 되며 큰 혼란에 휩싸인다.

화자는 한동안 장의 부정을 외면하며, 자신이 해온 모든 일이 여전히 의미가 있기를 바라지만, 더 이상 이를 의심하지 않을 수 없는 상황에 이르자 함께 바로 잡기로 결심한다. 시속 140킬로미터가 넘는 속도로 차를 몰며 장을 압박해보지만, 그때의 어머니처럼 "그들이 이곳에서 한국인과 똑같이 살 수 있다고 생각"(76쪽)하냐는 장의 말에 할 말을 잃고 그마저도 포기하게 된다. "장은 보이지 않고 가로등 불빛만 도로 위로 일렁"(78쪽)이는 적막한 풍경은 화자가 마주하고 견뎌야 할 적대적 삶의 무게를 보여주지만, 이는 부끄러움에 응답하고자 한 화자의 능동적 선택이 만들어낸 결과라는 점에서 앞의 다른 어떤 서사들에서보다도 적극적인 의지를 함의한다.

이렇게 임은영의 소설은 부끄러움 앞에 선 자의 흔들리는 마음을, 여전히 아득하고 숨 막힐 듯한 심연에의 응시 속에서 담담히 그려낸다. 그럴듯한 당위나 윤리적 대응으로서가 아니라 끝끝내 지울 수 없는 생의 가장 중요한 실재로서 부끄러

움을 발굴해내고, 불안과 두려움이라는 보편적 한계 속에서
긍정하고 지지한다. 여전히 미래는 어둡고 희망은 멀지만, 멀
고 먼 길을 돌아 힘겹게 찾아온 오래된 마음들을 차마 외면하
지 못한다. 비록 그 응답의 결과가 어떠한 보호도 책임도 없
는 불안의 심연 속으로 차갑게 내쳐지는 것이라 하더라도, 언
젠가 반드시 돌아오고 말 마음의 이안류를 믿으며, 부정해온
생의 진실 속으로 한 걸음씩 나아간다.

4

「드림파크」, 「어디」, 「팔월의 이안류」는 반대로 삶의 절대
적 실재로서의 불행과 그것이 불러일으키는 불안의 감각에
좀 더 집중한다. 이들 소설의 화자들은 멀리서 자신을 끌어당
기는 이안류의 심연에 속절없이 휘말리지만, 포기하지 않고
꿋꿋이 저항하며 자신을 살아 있게 만드는 의미의 세계와 기
억의 자리를 기꺼이 긍정하고 회복하려는 모습을 보여준다.

일례로 「드림파크」의 초점화자 '원'은 열두 평짜리 빌라에
서 '엄마'와 살지만 엄마는 원을 자식으로 여기지 않으며 '원'
역시 엄마를 '그 여자'라고만 부른다. 아빠는 오 년 전 유람
선 사고로 세상을 떠났고, 이후 '원'의 시간은 아빠가 남기고
간 고장 난 시계처럼 어디로도 흐르지 못한다. '원'은 학교에

도 가지 않은 채 집에서 주로 컴퓨터만 하며 시간을 보내는데, 메타버스 플랫폼 '드림 마을'에서 원은 '재크'라는 아바타로 가상의 삶을 살며 현실의 결핍을 채운다. 물론 이 아름다운 가상의 삶은 한낱 백일몽에 불과하다. '원'은 파티에 참석한 사람들과의 관계치조차 치트키를 눌러 임의적으로 조절하는데 여기에는 물론 '타자'가 존재하지 않는다. 그러나 자신을 괴롭혀온 동창생 '카알'의 등장으로 이 무해한 꿈같은 행복마저도 곧 산산조각 나고 만다.

'카알'의 아바타 '케이'는 느닷없이 나타나 '재크'에게 "난쟁이"(114쪽)라며 폭언을 퍼붓고, 동물원에 침입해서는 '재크'가 돌보던 악어까지 훔쳐 간다. 이에 분노한 '원'이 방화사건을 일으켜 접속 금지 처분을 당하자, '카알'은 그 틈을 타 '드림 마을'의 운영 방식을 철저한 과금제로 바꿈으로써 '원'을 '드림 마을'로부터 사실상 추방해버린다. 설상가상으로 '여자'는 도박 빚 때문에 '원' 몰래 집까지 팔아버리고, 이로써 '원'은 현실과 가상 세계 모두에서 거주할 곳을 잃게 된다. 아빠의 시계 수리점이 있던 건물마저 낯선 모습으로 변해버린 가운데, '원'은 그 어딘가에서 여전히 '원'의 접속을 간절히 "기다리고 있을 재크"(125쪽)와 또 다른 '드림 마을'을 생각하며 정처 없이 길을 걷는다.

「어디」의 이야기는 가족-보호장치로부터의 추방이라는 손자 '수오'의 서사와 가족-굴레로부터의 해방이라는 '할머니'

의 서사가 중첩되어 진행된다. 수오는 할머니를 집에서 유일하게 관계의 호칭으로 부르지 않고 '정원 씨'라고 부르는데, 이 때문인지 할머니도 유독 수오에게만큼은 자기 자식들에게 하지 못하는 얘기까지도 선뜻 들려주곤 한다. 수오의 할머니 '정원'은 평생을 가족을 위해서만 살아왔지만, 칠십을 앞두고서야 비로소 자기 자신을 위한 삶을 살기로 마음먹는다. 호시탐탐 자신의 반지나 노리는 자식들로부터 벗어나 옆집 할아버지와 새로운 삶을 살기 위해 집을 나오지만, 곧 치매를 앓게 되며 그 짧은 행복조차 마음껏 누리지 못하게 된다.

악재는 수오에게도 찾아온다. 빚으로 인해 집을 팔아야만 하는 상황에 놓이게 되자 아버지는 수오를 '정원'에게 또 떠맡겨버리는데, '치매'는 어쩌면 가족이라는 굴레에 더 이상 묶이지 않기 위해 '정원'이 선택한 마지막 방어기제였을지도 모른다. 그런 '정원'이 행방불명되었다는 소식을 듣고 수오는 정원을 찾기 위해 사방을 헤맨다. 「드림파크」의 '원'이 자신을 기다리고 있을 '재크'를 생각하며 그러했듯이 수오도 자신의 진정한 '집'으로 돌아오기 위해 먼 곳을 헤매고 있을 '정원'의 마음을 헤아리며 온통 어둠뿐인 밤길을 향해 발걸음을 다시 내딛는다.

위 두 작품이 불안의 이안류를 아무리 노력해도 쫓아내거나 부정할 수 없는 삶의 절대적 실재이자, 화자가 견디고 버텨야 할 시련으로서 그려내고 있는 것과 달리, 「팔월의 이안류」는 이를 주변부 삶에 내몰린 인물들에게만 국한하지 않고 힘과 권력을 지닌 누구에게라도 찾아올 수 있는 보편적 삶의 실재로 확장시킨다. 화자는 행방불명된 아버지를 대신해 아버지의 빚을 갚기 위해 횟집을 운영하고 있다. '박'은 불법적인 요양원 사업을 통해 돈을 버는 인물로, 사람들의 약점을 이용해 권력을 행사한다. 박은 화자의 가게를 자신의 이익을 위한 장소로 활용하는데, 그런 용의주도한 박의 손아귀에서 벗어나기는 어려워 보인다. 그러나 그렇게 모든 것을 통제할 수 있는 것처럼 보였던 '박'도 "취하면 바다 주위를 어슬렁거리는"(176쪽) 그의 습관 때문에 느닷없이 이안류에 휩쓸려 사라져버리게 되는데, 흥미로운 것은 이를 바라보는 화자의 시선이다.

그는 마치 아무런 일도 없었다는 듯 "의자의 물기를 닦고" "매운탕을 테이블 중앙으로 끌어당"긴 채 그저 "수저"(177쪽)를 들 뿐이다. 여기에는 복수도, 해결도, 미래에 대한 전망이나 희망도 존재하지 않는다. 오히려 그러한 분명한 해결을 부정할 뿐만 아니라, 그러한 해결 없이도 견딜 수 있는 지금의 자리를 강조한다. 화자는 이안류가 모두에게 언제라도 찾아올 수 있음을 거의 본능적으로 알고 있으며, 자신이 할 수 있는 일이라곤 유혹하듯 일렁이는 그 이안류의 중심을 향해 끝까지 시선을 거두지 않는 것뿐임도 명확히 자각하고 있다. 이 견고한 시선들 덕분에 「팔월의 이안류」는 의미의 세계

나 기억의 흔적에 의지하지 않고도 지금-여기를 견딜 수 있는 서사적 가능성을 찾아낸다. 어떠한 흔들림도 망설임도 없이 이안류의 중심을 응시하며, 이안류와 함께 살아간다. 이안류의 호흡으로 이안류의 삶을 살아간다.

5

모두 버티며 살아간다. 오늘의 안간힘이 내일의 희망으로 이어지길 바라며 하루를 참고 또 견딘다. 그러나 그렇게 얻어낸 삶의 감각에는 정작 살아 있다는 느낌은 잘 실리지 않는다. 단지 남들처럼 좀 더 편안히 삶을 바라볼 수 있게 되기를 간절히 꿈꾸어보지만, 이곳에 도달하기 위해 거두어낸 숱한 시간과 마음들이 그마저도 쉽게 허락하지 않는다. 이런 걸 원했던 게 아닌데, 이런 어른이 되고 싶어 그렇게 미친 듯이 달려왔던 게 아니었는데, 돌이킬 수 없는 마음과 생의 순간들 앞에서 모두 얼마쯤은 숨이 막히곤 한다.

임은영의 소설은 이처럼 중심과 의미를 상실한 현재의 삶을 잠시나마 멈추어 세우고, 한때나마 자신을 뜨겁게 흔들었던 목소리를 지금-여기의 자리로 선연히 호출해낸다. 가장 평범한 삶을 손에 넣기 위하여 너무도 오래 지우고 부정해온 보편적 삶의 감각과 윤리들을, 모두가 모두로부터 고립된 생의 맹목 속에 살아 숨 쉬는 숨결로서 불어넣는다. 우리 안의 취약함, 불안감, 부끄러움을 그 모든 마음이 태어난 최초의 자리로 끌어당기며, 모두에게 언제고 한 번은 찾아올 이와 같은 마음의 이안류를 공평히 앓게 한다. '평범'하지조차 못했던 우리의 삶에 그렇게 이안류의 평등이 찾아온다.

소설 속 주인공들의 이름을 불러봅니다. 그들은 불안에 휩싸인 채 위태로운 모습으로 저를 찾아왔고, 흔들었습니다. 삶의 터전에서 일어나는 눈에 보이거나 보이지 않는 폭력적 상황들, 그 속에서 일상을 이어가는 인물들에게서 우리의 모습을 발견하기도 합니다.

그들은 때때로 저에게 속삭였고, 가끔은 외면했으며, 무심한 듯 각자의 보폭으로 한 걸음씩 나아갔습니다. 이제 잡은 손을 놓아줄 시간이 온 것 같습니다. 서로에게 곁을 내주며 잘 살아가길 응원합니다.

저는 어디든, 제가 있는 곳에서 계속 소설을 쓰겠습니다.

첫 소설집을 내면서 감사한 분이 많습니다. 소설의 길을 인도해주신 선생님들과 가까이 혹은 멀리서 저를 응원해준 문우와 친구들, 언제나 한결같이 저를 지지해준 사랑하는 가족, 모두 감사드립니다. 소설집 『팔월의 이안류』를 내기까지 힘써주신 강의 정홍수 대표님과 이명주 편집자님, 추천사를 써주신 함정임 교수님, 해설을 맡아주신 이철주 평론가님, 고맙습니다. 소설 속 인물들에게 손을 건네주실 미지의 독자들께도 미리 감사의 인사를 전합니다.

2024년, 십이월, 책방 '파밀'에서

임은영

수록 작품 발표 지면

오해의 기하학 _『한국소설』 2018년 8월호(한국소설 신인상 수상작)

블랙 잭나이프 _『영남일보』 2022년 영남일보문학상 당선작(『2022 신춘문예 당선소
설집』 수록)

자정의 질주 _『소설21세기』 2019년 여름호(『누구나 아는 비밀』)

야행 _『소설21세기』 2020년 여름호

드림파크 _『한국소설』 2019년 6월호(『달의 뒷면을 걷다』)

어디 _『동리목월』 2019년 여름호

팔월의 이안류 _『문장웹진』 2022년 7월호(『2022 현진건문학상 작품집』 수록)